Carl August Behmer

Laurence Sterne und C. M. Wieland

Carl August Behmer

Laurence Sterne und C. M. Wieland

ISBN/EAN: 9783744603966

Hergestellt in Europa, USA, Kanada, Australien, Japan

Cover: Foto ©Raphael Reischuk / pixelio.de

Weitere Bücher finden Sie auf **www.hansebooks.com**

**Forschungen
zur neueren Litteraturgeschichte.**

Herausgegeben von
Dr. Franz Muncker,
o. ö. Professor an der Universität München.

IX.

Laurence Sterne
und
C. M. Wieland.

Von
Dr. Carl August Behmer.

München 1899.
Carl Haushalter, Verlagsbuchhandlung.

Vorbemerkung.

Die vorliegende Abhandlung will nichts sein als ein kleiner Beitrag zur Erforschung fremder Einflüsse auf Christoph Martin Wielands Dichtungen und verdankt ihre Entstehung einer Anregung des Herrn Professors Dr. Franz Muncker in seinem Kolleg über die deutsche Litteratur des XVIII. Jahrhunderts. Zu Grunde liegen dieser Abhandlung, soweit im Einzelnen nichts anderes angegeben ist, folgende Texte: Tristram Shandy by Rev. Laurence Sterne (Tauchnitz Edition, Vol. 153), A Sentimental Journey etc. by Laurence Sterne (Tauchnitz Edition, Vol. 544), C. M. Wielands Werke in der Editio princeps (daher die späteren sämtlich im „Teutschen Merkur"). Zur Aushülfe diente die Ausgabe: Wielands Werke. Berlin. Gustav Hempel.

Für mannigfache Förderung bei meiner Arbeit bin ich Herrn Professor Dr. Franz Muncker zu lebhaftem Danke verpflichtet.

Inhalt.

		Seite
I.	Laurence Sterne	1
II.	Wielands Beschäftigung mit Sternes Schriften	14
III.	Sternes Einfluss auf Wielands dichterisches Schaffen	21
	Chloe	28
	Beiträge zur geheimen Geschichte des menschlichen Verstandes und Herzens	30
	Combabus	34
	Sokrates mainomenos oder die Dialogen des Diogenes von Sinope	35
	Der neue Amadis	39
	Der goldene Spiegel oder die Könige von Scheschian . . .	45
	Geschichte des Philosophen Danischmend	50
	Gedanken über eine alte Aufschrift	51
	Geschichte der Abderiten	52
	Oberon	58
IV.	Schlussbetrachtung	60

I.
Laurence Sterne.

Den Engländern, die uns auf vielen Gebieten der neueren Litteratur den Weg gewiesen haben, gebührt auch das Verdienst, den bürgerlichen oder Familienroman begründet zu haben. Dieses Verdienst ist um so höher anzuschlagen, als wir in ihm mit Vischer[1]) die „eigentlich normale Species" des Romanes zu sehen haben.

Die Schilderung äusserer Erlebnisse und Abenteuer ist Sache des Epos. Vom Roman verlangen wir, dass er uns die Wirkung äusserer Begebenheiten auf das Innere des Menschen aufzeigt. Er ist vor allem Seelengemälde. In ihm sollen, wie Goethe es einmal im „Wilhelm Meister" ausdrückt, vorzüglich Gesinnungen und Begebenheiten vorgestellt werden.

Den Begriff des Romanes in diesem engeren Sinne gefasst, können wir seine Geschichte überhaupt mit dem englischen Familienromane beginnen.

Weder die aus den Rittergedichten hervorgegangenen Amadisromane noch die älteren aristokratischen Romane, die namentlich in Frankreich unter dem Einflusse der Mlle. de Scudéry und de la Calprenède zur Blüte gelangten, ja selbst nicht einmal die spanischen Schelmenromane waren Romane in unserem heutigen Sinne. Die Romane aus dem Hofleben und die aus ihnen hervorgegangenen Schäferromane hatten allerdings durch ihre Unnatur den Gegensatz des Volksromanes mit seinem abenteuernden Gesindel von Räubern, Studenten, Handwerksburschen, Musikanten herausgefordert. Allein auch bei ihnen kann — mit Ausnahme unseres „Simplicissimus" — von einer Charakterzeichnung, die wir heute als die Hauptaufgabe

---

[1]) Aesthetik, III. 1313.

eines Romanes betrachten, nicht die Rede sein. Das Hauptgewicht des Interesses ruht lediglich auf den äusseren Ereignissen. Die Schuld hierfür lag weniger in den Individualitäten der einzelnen Schriftsteller als vielmehr in dem Milieu, aus dem sie emporgewachsen. Weder in den unteren Volksklassen noch in den durch das Zeremoniell zur Unnatur erzogenen Hofkreisen war die rechte Sphäre für ein innerliches Leben. Dieses gehörte damals vorwiegend den bürgerlichen Klassen; hier am Herd der Familie fanden sich Gemüter zusammen, die die unverdorbene Natur des Volkes mit einem feineren Empfindungsleben vereinigten.[1]) Aber noch waren diese Kreise der Romanlitteratur ferngeblieben. Solange man in Frankreich und England nur für die Hofgesellschaft schrieb — die deutsche las ohnehin nur ausländische Litteratur —, war ein bürgerlicher Familienroman unmöglich. Inzwischen hatte sich in England, der Heimat aller freiheitlichen Entwickelung, seit der Revolution von 1688 auch der Mittelstand allmählich zu einer Machtstellung emporgerungen. Hier in England, wo der sogenannte Roman wie in anderen Ländern die Entwickelung vom Ritterroman zum Schäfer- und endlich Reiseroman (Robinson Crusoe) durchgemacht hatte, war allmählich auch der Boden für den Familienroman geebnet worden, seitdem Männer wie Steele und Addison mit ihren moralischen Zeitschriften die bürgerlichen Stände zu erziehen begonnen hatten. Wie Lillo das bürgerliche moralisierende Schauspiel, so erschuf Richardson den bürgerlichen moralisierenden Roman. Aber beide wären undenkbar ohne die vorbereitende erzieherische Thätigkeit der Steele und Addison.

Richardson stand den Hof- und Adelskreisen fern; er war kein Gelehrter, sondern ein schlichter Buchhändler von nicht einmal hervorragender Bildung. Aber er war ein Charakter. Er war bereits 51 Jahre alt, als er seinen ersten Roman herausgab. Der Erfolg dieser „Pamela" und der beiden ihr folgenden Werke, der „Clarissa Harlowe" und des „Sir Charles Grandison" war ein ungeheurer; nicht nur in England, auch auf dem Kontinent wie ein neues Evangelium aufge-

---

[1]) Vgl. Vischer, Aesthetik, III, 1314.

nommen, eroberten sich diese Romane bald die ganze gebildete Welt. Neu war an ihnen nicht nur das bürgerliche Milieu, sondern vor allem die ausserordentlich scharfe anatomische Charakterzergliederung. Freilich war diese bis zur Pedanterie übertrieben, ohne dass Richardson bei allen trefflichen Einzelbeobachtungen die Fähigkeit gehabt hätte, ein scharf umrissenes Charakterbild zu zeichnen. Hieran hinderte ihn schon der Umstand, dass nicht freier künstlerischer Instinkt, sondern bewusst moralische Tendenz seine Feder führte. So wurden seine Personen zu moralischen Gliederpuppen, statt zu warmen, atmenden Abbildern des Lebens. Er schuf, wie Walter Scott es ausdrückt, „fehlerfreie Ungeheuer, wie sie die Welt nie gesehen", und stellte diesen dann einen Ausbund aller Lasterhaftigkeit und Verworfenheit entgegen, der zum warnenden Exempel für die brave Christenheit dem Untergange geweiht wurde.

Die Naivität, mit der die Moral in diesen Romanen arbeitet, hat Thackeray köstlich persifliert in der Geschichte vom ungezogenen Tom und artigen Jack, von denen der eine seine Prügel, der andere Pflaumenkuchen erhält.

In England erkannte man die Mängel dieser Romane bald; und, während auf dem Kontinent Männer wie Klopstock, Wieland, Rousseau, Goethe [1]) den Verfasser der „Pamela" noch vergötterten, erhoben sich hier innerhalb eines Jahrzehnts zwei Männer, die die Fehler Richardsons köstlich parodierten und damit zugleich den englischen komischen Roman begründeten: Fielding und Smollet. Nach einigen Jahren gesellte sich zu ihnen als Dritter im Bunde Laurence Sterne.

Sternes Ruhm beruht hauptsächlich auf zwei Werken, „The Life and Opinions of Tristram Shandy Gentleman" und „A Sentimental Journey through France and Italy". Das erste erschien in den Jahren 1759—1767, in langsamer Folge der einzelnen Bücher; von dem anderen, im Jahre 1767 entstandenen, konnte der Dichter nur noch zwei Bücher veröffentlichen. Zwei weitere Bücher wurden nach seinem am 18. März 1768 erfolgten Tode durch einen Freund [2])

---

[1]) Vgl. Erich Schmidt: Richardson, Rousseau, Goethe.
[2]) John Hall Stevenson (in Sternes Romanen oft als Eugenius apostrophiert).

nicht ohne eigene Zuthaten herausgegeben. Beide Romane blieben Fragmente. Ausserdem haben wir von Sterne noch seine Predigten, den „Koran" und zahlreiche Briefe an seine Freunde, an „Eliza",[1]) an seine spätere Frau und an seine Tochter Lydia.

Das Verhältnis Sternes zu seinen Vorgängern, Fielding und Smollet, hat Johannes Scherr treffend charakterisiert, wenn er bei Fielding den passend angebrachten Witz und Spott, bei Smollet die drastische Komik rühmt und dann dem humoristischen Realismus dieser beiden Männer den idealistischen Humor Sternes gegenüberstellt.[2]) Denn nicht nur durch seinen Idealismus unterscheidet sich Sterne von seinen Vorgängern, auch das Wesen seines Humors ist ein ganz anderes. Bei jenen ist der Humor nur eine zufällige Zuthat zu ihren Sitten- und Seelengemälden, bei Sterne ist er der Kern des Ganzen, das Thema seiner Romane. Ausserdem erhält der Humor bei ihm einen wesentlich anderen Charakter als bei seinen Vorgängern. Er verbindet mit dem Humor die Sentimentalität und wird dadurch epochemachend für die ganze Weltlitteratur.

In keiner Kulturepoche ist die Empfindsamkeit, die übertriebene Gefühlsschwärmerei so stark entwickelt gewesen als in der zweiten Hälfte des vorigen Jahrhunderts. Man schwelgte damals förmlich in Wehmut und Thränen. Diese charakteristische Gemütsbildung jener Zeit ist der Rückschlag gegen die Gefühlsarmut der ihr vorausgehenden Epoche. In der ersten Hälfte des 18. Jahrhunderts waren die Umgangsformen nicht nach dem natürlichen Gefühl und Herzensbedürfnis, sondern rein verstandesmässig „wie nach einem Komplimentierbuch"[3]) geregelt, alle Sympathiegefühle waren durch ein kaltes Zeremoniell erstickt. Durch das Wiedererwachen des religiösen Gefühls (im Pietismus) wurde auch das Mitgefühl wieder zum Leben gerufen und zwar zunächst im Verhältnis zwischen Mann und Weib, wo die natürliche

---

[1]) Gattin des Rechtskonsulenten Daniel Draper in Bombay.
[2]) Allgemeine Geschichte der Litteratur, 8. Auflage (1887), II, 65.
[3]) Ernst Elster, Prinzipien der Litteraturwissenschaft, S. 174.

Auffassung der Liebe wieder zu ihrem Rechte kam. Waren doch in jener vorausgehenden Epoche Liebesheiraten so unbekannt gewesen, dass nicht nur die Eltern über die Hand der Töchter verfügten, sondern auch die jungen Männer die Wahl durch Eltern oder Freunde treffen liessen. Und nicht nur in das Leben, auch in die Dichtung führte die Empfindsamkeitsepoche die Liebe zurück, ja die ihr folgende Sturm- und Drangzeit scheute sich nicht, an der heiligen Konstitution der Ehe zu rütteln, um dem Gefühl zur ausschliesslichen Herrschaft zu verhelfen. Und wie im Verhältnis zwischen Mann und Weib, so kam auch bei anderen persönlichen Beziehungen verschiedener Individuen die Stimme des Herzens immer mehr zur Geltung, mochten diese nun durch Bande des Blutes mit einander verknüpft sein oder aus reiner Neigung einen Bund der Freundschaft geschlossen haben.

Leider überschritt diese an sich heilsame psychologische Bewegung gar bald jegliches Mass und Ziel und artete in die übertriebenste Rührseligkeit aus. Alles Selbstgefühl und alles Selbstbewusstsein wurde in der Brust der Menschen vom Mitgefühl überwuchert und erstickt.

Es ist gewiss kein Zufall, dass ungefähr in diese Zeit das Wiedererwachen des Natursinns bei der Menge fällt. Das übertriebene Mitgefühl führte die Menschen dazu, auch der umgebenden Natur ein menschliches Gefühlsleben zu substituieren. James Thomson, der der kalten formvollendeten Weltmannspoesie Popes die Naturpoesie gegenüberstellte und die Kunst, statt auf die Konvention, auf die ewigschöne Natur gründete, war mit seiner elegischen Naturschilderung der Jahreszeiten ein Vorläufer und Bahnbrecher für diese Auffassung der Natur. Unter Thomsons Nachfolgern wäre in erster Linie etwa noch Thomas Gray, der Verfasser der Elegie auf einen Dorfkirchhof zu nennen.

Diese überschwängliche Empfindsamkeit erreichte in Sternes „Empfindsamer Reise" ihren Höhepunkt und beherrschte in der Folge eine Zeit lang die gebildeten Kreise ganz Europas. Sie ist uns jetzt am Ende des 19. Jahrhunderts fremd geworden. Aber man hat vielleicht nicht ganz mit Unrecht darauf hingewiesen, dass sie schon bei Sterne zuweilen etwas

Gekünsteltes an sich habe. Man hat ihm im besonderen vorgeworfen, dass er keinen Sinn für die Schönheiten der Natur und kein Verständnis für das Empfindungsleben der Frauenseele habe, und hat ihm damit zwei Grundpfeiler des modernen Gefühlslebens abgesprochen. Man ist mit diesem Urteil zum mindesten weit über das Ziel hinausgeschossen. Zwar sind Naturschilderungen im „Tristram Shandy" selten und auch die in diesem Romane auftretenden Frauen wie Mrs. Shandy und Witwe Wadman spielen recht klägliche Rollen. Aber ganz anders steht es schon in der „Empfindsamen Reise"! Bei seiner Fahrt durch das südliche Frankreich gibt er uns wiederholt farbenprächtige Schilderungen der ihm ungewohnten sonnenverklärten Landschaft. Vor allem in der ihrer Schönheit wegen berühmten und oft citierten Stelle des „Sentimental Journey" (S. 40): „I pity the man who can travel from Dan to Beerseba, and cry, 'Tis all barren" u. s. w., die mit so warmen und gefühlvollen Worten der „lieblichen Myrte" und der „melancholischen Cypresse" menschliches Empfindungsleben verleiht,[1]) zeigt sich unleugbar ein echter und lauterer Sinn für die Natur. Auch den ihm auf seiner sentimentalen Reise begegnenden Frauen und Mädchen erweist Yorick mehr als blosse Galanterie; in seinem Benehmen ihnen gegenüber, aber auch in der feinfühligen Charakterisierung dieser Gestalten beweist Sterne ein unzweifelhaftes Verständnis für das weibliche Gemüt mit seinen Vorzügen und Schwächen. Noch mehr zeigt sich dies in seinen Briefen, die er sicherlich geschrieben hat, ohne auch nur an die Möglichkeit einer späteren Veröffentlichung zu denken. Sein überschwänglicher Briefwechsel mit seiner Braut, die hierin oft von den Liebenden genannte „sonnenvergoldete Hütte", die er damals „am Fusse eines romantischen Hügels" in der Nähe Yorks bewohnte, beweisen, dass Sterne in den frühesten Zeiten seines Mannesalters sehr wohl Sinn für Naturschönheit und Frauengemüt besass. Wollten wir diesen Briefen an seine erste Jugendliebe, seine nachmalige Frau, eben wegen der Jugend des

---

[1]) Eduard Engel sieht bei Sterne einen „unverkennbar echten Hang zur Natur im weitesten Sinne" und sagt (Geschichte der englischen Litteratur, S. 365): „In Sterne lebt ein Stück Weltseele".

Schreibers für die spätere Zeit keine Beweiskraft zugestehen, so stellen die „Briefe Yoricks an Eliza" es völlig ausser jedem Zweifel, dass Sterne fähig war, das reine und zarte Empfinden der Frauenseele zu verstehen und zu würdigen. Wenn trotzdem dieses Gefühl bei Sterne während der 8 Jahre, in denen er am „Tristram Shandy" schrieb, schlummerte, so erklärt sich dies aus den damaligen äusseren Lebensumständen des Humoristen. Seine unglückliche Ehe, sein vorwiegend hierdurch veranlasster regelmässiger Verkehr auf dem „Crazy Castle", endlich die frivole Gesellschaft, in die er regelmässig in London und später auch in Paris geriet, waren wohl im stande, Verehrung und Bewunderung für weibliche Tugend und Charaktervorzüge zeitweilig einzuschläfern.

Dass in seinen Romanen verhältnismässig wenig von weiblichen Tugenden und Vorzügen die Rede ist, erklärt sich ausserdem noch aus seinem komischen Talente, das für die Schwächen der Menschen ein schärferes Auge besass als für ihre Vorzüge. Ueberdies hatte Sterne, wie die meisten komischen Schriftsteller, eine ganz besondere Vorliebe für Männer gesetzten Alters, da zweifellos alle Sonderbarkeiten des Charakters sich an diesen schärfer und origineller zeigen als an irgendwelchen anderen Personen.

Es bleibt mir noch übrig, die beiden Romane Sternes im einzelnen zu betrachten. Im „Tristram Shandy" erfahren wir vom Helden selbst nicht viel mehr als die Geschichte seiner Zeugung und seiner Geburt — erst im 3. Buche wird er geboren, im 6. bekommt er die ersten Hosen —; um so genauer aber lernen wir die Familie des Knaben und deren Freundeskreis kennen.

Die wenigen Personen des Romans weiss Sterne so meisterhaft zu zeichnen, dass wir glauben, die ganze Menschheit mit all ihren Schwächen und Thorheiten zu sehen. Namentlich hier, in der Charakterisierung der Personen, zeigt sich der Idealismus des Sternischen Humors, von dem wir oben mit Scherr sprachen. Seine Personen sind zwar jede für sich lebenswahr, aber auch zugleich typisch für eine ganze Menschenklasse.

So macht Sterne mit den Feldzügen Onkel Tobys nicht

etwa nur den Onkel Toby oder Ludwig XIV. lächerlich, sondern sie sind eine Allegorie aller menschlichen Liebhabereien und Steckenpferdchen. Desgleichen ist Walter Shandy, der Vater, so sehr er porträtiert erscheint, nur der typische Vertreter aller gelehrten und philosophischen Pedanterie, Trim bei allen herzgewinnenden persönlichen Eigenschaften doch nur der Typus eines Dieners, der in allem das Spiegelbild seines Herrn zeigt. So sind alle Figuren Sternes von Dr. Slop und Phutatorius bis zur „dicken, dummen Spülmagd" in der Küche der Frau Shandy bei aller Lebensechtheit Typen einer gewissen Sorte von Menschen, wie wir sie alle zur Genüge um uns herum wandeln sehen. Nur Pfarrer Yorick macht in mehr als einer Beziehung davon eine Ausnahme; indessen ist bekanntlich die Zeichnung dieser Person dadurch erschwert worden, dass alle Welt erkannte und laut ausposaunte, dass Sterne sich hier selbst porträtiere.[1]) So ist es begreiflich genug, dass er befangen und in der Zeichnung dieser Person unsicher ward. Sonst gilt von Sterne durchaus das, was Jean Paul von dem eigentlichen Humoristen sagt, dass es für ihn keinen einzelnen Thoren, keine einzelne Thorheit, sondern nur eine tolle Welt gebe. Ja Sterne nimmt die Einzelthorheit gar in Schutz, weil nicht die bürgerliche Thorheit des einzelnen, sondern die allgemein menschliche Thorheit sein Inneres bewegt. Sternes Humor charakterisiert sich ferner als ein Humor der Reflexion, ja er ist der typische Vertreter dieser Art. Denn in beiden Romanen geht diese Reflexion, ja „Reflexion der Reflexion" durch das ganze Buch von der ersten bis zur letzten Seite hindurch. Nicht nur Sterne, der Autor, reflektiert überall und unterbricht beständig seine Erzählung, um seine eigenen Reflexionen dem Leser bekannt zu machen; auch alle seine Personen reflektieren über sich selbst, und gerade hierin, dass eine jede Person durch ihre Selbstreflexion ihren Charakter so meisterhaft zeichnet, besteht die unübertreffliche Kunst Sternes.

Aber nicht nur Humor, auch die übrigen Arten der

---

[1]) Anfangs war auch die Charakterisierung dieser Person vortrefflich: vgl. Tristram Shandy, Kap. X, S. 12--17; Kap. XI, S. 19—20.

Komik, Witz, Satire, Ironie, sind bei Sterne vertreten, wenn auch nicht in dem ausgiebigen Masse wie jener. Jedenfalls ist es ganz falsch, Sterne den echten Humor abzusprechen und ihn vorwiegend als einen Spassmacher und Witzbold hinzustellen, wie es Thackeray thut, wenn er in seinen Vorlesungen über „The English humourists of the eighteenth century" von ihm sagt: „The man is a great jester, not a great humourist". Gerade der Humor gibt den Romanen Sternes das eigentliche Gepräge. Und in der That hat sein „Tristram Shandy" allen wissenschaftlichen Darstellungen des Humors seit Flögels Geschichte des Komischen bis auf den heutigen Tag die Muster und Beispiele geliefert. Man denke nur an Männer wie Jean Paul, Vischer, Lazarus, Lipps. Dass er daneben auch die Geisel der Satire zu schwingen weiss, zeigen uns die Kastanienscene in der würdigen Pfarrerversammlung und die seltsame Entscheidung der Sorbonne über die Taufe ungeborener Kinder ebensosehr wie Figuren nach Art des Dr. Slop, der mit seiner Aufgeblasenheit und Intoleranz nur als Folie für die Bescheidenheit und Herzensgüte Onkel Tobys und Trims dient.

Vor allem aber ist Sterne Meister der Parodie. Es ist schon oben darauf hingewiesen worden, dass seine Schriftstellerei überhaupt von einer Parodie Richardsons ausgeht.

Daneben parodiert er in den zahlreichen Philosophemen Shandys, des Vaters, die Zeitphilosophie (Locke), ja man kann seinen „Tristram Shandy" im weiteren Sinne eine Verspottung des englischen Volkscharakters nennen.

Die Engländer sind das Volk der Empiristen. Sie haben der Welt die grössten Naturforscher gegeben. Sie sind das Volk der Beobachter („Spectator"), aber sie bleiben auch beim Einzelnen stehen. Sie haben keinen Blick für die Einheit in der Mehrheit. Wie sie ihren Empirismus nie zu einem System verarbeitet haben, das Einzelne nicht durch die Idee zusammenzuhalten pflegen, so zeigen ihre Schriftsteller bei grossartigen Einzelbeobachtungen auffallend wenig Blick für das Ganze.

Diese Parodie zeigt sich bei Sterne einmal in der ganzen Komposition seiner Romane. In beiden ist von einer fortlaufenden Handlung nicht die Rede. Denn wie im „Tristram Shandy" die Geschichte seiner Zeugung und seiner Geburt — fast das einzige, das wir, wie oben erwähnt, vom Helden erfahren — eigentlich auch nur ganz nebensächlich erzählt wird und nur an die Oberfläche kommt, wenn der Dichter sonst nicht mehr weiter weiss, so haben wir in der „Empfindsamen Reise" eine lange Reihe idyllischer Bildchen, die aber unter sich in keiner Beziehung stehen, sondern nur äusserlich durch die fortgesetzte Reiseroute aneinandergereiht sind. So ist es denn auch ziemlich belanglos, dass beide Romane nicht zu Ende geführt sind. Die Erfahrung hat gelehrt, dass sie auch so ihren Zweck erfüllt und sich ein dauerndes Leben verdient haben. Diese ganze Kompositionsart ist nun zwar Verspottung Richardsons. Aber auch Sterne ist nicht fähig, ein straffes Kunstwerk zu schaffen: nur weiss er die eigenen Fehler durch Uebertreibung und Selbstbelachen geschickt zu verdecken. Auf demselben Prinzip wie die Komposition beruht auch der Stil.

Der Stil des „Tristram Shandy" ist unzweifelhaft originell; es ist aber nicht zu leugnen, dass die vom Verfasser wiederholt eingestandene Originalitätshascherei ihn oft zu weit geführt hat. Unzählige, oft schier endlose Abschweifungen erschweren die Lektüre dieses Romans ganz ungemein. Wenn Sterne eingesteht, nicht er regiere seine Feder, sondern seine Feder ihn,[1]) so sind wir in der That oft versucht, ihm dies aufs Wort zu glauben; denn die denkbar grösste Willkür und Regellosigkeit herrscht überall. Er gewinnt allerdings so die erwünschte Möglichkeit, jeder momentanen Laune folgend seinen genialen Witz spielen zu lassen. An die unbedeutendsten Worte, die der Zufall eines Dialogs ihm in den Weg führt, knüpft er lange Abschweifungen,[2]) bald eine endlose Disputation Onkel Tobys über Hornwerke und Fortifikationen, bald eine möglichst abstruse philosophische Betrachtung des alten Shandy. Ja oft genug übernimmt in momentaner Er-

---

[1]) Tristram Shandy, S. 322. Andere Bemerkungen Sternes über seine Schreibweise: S. 26—27, 81—82 u. s. w.

[2]) Kap. XXI, S. 46 ff.: ein Muster für Sternes bessere Abschweifungen; vgl. auch Kap. XXII, S. 53—54.

mangelung einer geeigneten Person der Autor selbst diese Rolle, wie er denn überhaupt immer und immer wieder mit seinen persönlichen Reflexionen in den Vordergrund tritt. Oft dienen diese abschweifenden Episoden dazu, die Geschichte unvermerkt weiter zu führen, öfter dazu, eine Person zu charakterisieren; gleichwohl bleibt eine ganze Reihe solcher Wildlinge, wie die vom Beschlusse der Sorbonne oder die vom Manne mit der grossen Nase in Strassburg, die keinerlei Existenzberechtigung im Rahmen der Erzählung haben,[1] sondern nur dem Verfasser, der sie in irgend einem alten Buche der Bibliothek des „Crazy Castle" aufgestöbert haben mag, Gelegenheit boten, seinen Lesern Zoten aufzutischen. Ja öfters befremdet geradezu in diesem Romane die Lüsternheit des Autors, wenn ihm auch zugestanden werden muss, dass gerade in den schlüpfrigen Scenen seine wohl unerreichte Satire ihr Höchstes bietet.

Die beiden Mängel des „Tristram Shandy", allzugrosse Weitschweifigkeit und Lüsternheit, sind in der „Empfindsamen Reise" wesentlich gemildert. Zwar haben wir auch hier keine fortlaufende Handlung; wohl aber bietet die fortgesetzte Reise dem Verfasser Gelegenheit, die einzelnen kleinen Geschichten und Erlebnisse in einen, wenn auch nur äusserlichen Zusammenhang zu bringen.

Im Gegensatz zu anderen Reisebeschreibungen gibt die „Empfindsame Reise" auch nicht die geringste Bemerkung über Sehenswürdigkeiten. Meist bleibt Sterne in seinem Hotel und in dessen Nähe, wo er uns den Wirt, seine Familie und die zufällig anwesenden Gäste vorstellt. Selbst von Paris, wo er sich längere Zeit aufhält, erzählt er nichts von Kirchen, Museen, Palästen u. dergl.; aber wie geschickt macht er uns mit dem dortigen Leben, mit den Sitten der Pariser bekannt! An der Hand weniger unbedeutender Erlebnisse lässt er uns alle Schichten der Bevölkerung kennen lernen, von den Dienstboten, ja von den Bettlern an bis zu den höchsten Adelskreisen und den allmächtigen Ministern. Und mit wie feiner

---

[1] Andere derartige Einschiebsel sind die Geschichte vom Stevinus und seinem fliegenden Wagen (S. 87 ff.), Yoricks lange Predigt (S. 91 bis 110), die Abhandlung über das Fluchen (S. 128—135).

Ironie, mit welch bewundernswertem Geschick weiss Sterne gerade hier in der „Empfindsamen Reise" seine Personen zu charakterisieren! Wenn er im „Tristram Shandy" oft endlose Abschweifungen braucht, um uns den Charakter seiner Leute zu zeichnen, so geschieht dies hier mit wenigen Federstrichen und gleichwohl doch mit solcher Sicherheit und Klarheit, dass wir jeden einzelnen durch und durch kennen lernen. So ist es ihm möglich, in der verhältnismässig kurzen Geschichte gleichwohl unzählige Personen uns vorzuführen, mit anderen Worten das ganze französische Volk mit seinen Ständen und Klassen, ja mit seinen besonderen Charakterunterschieden zwischen dem Norden und dem Süden vor den Augen unseres Geistes vorüberziehen zu lassen. Auffallend ist das Verständnis, das Sterne dem französischen Volkscharakter entgegenbringt. Nie oder doch äusserst selten begegnen wir einer herzlosen Satire, überall bleibt sein Humor durchaus gemütvoll.

Aber auch in Einzelheiten der Darstellung zeigt sich der Humor Sternes. Vor allem ist an seiner Schreibart die Sinnlichkeit der Darstellung zu rühmen. Alles wird individualisiert; von Geld, Zahl u. dergl. wird immer eine bestimmte Grösse angegeben, oft mit feiner komischer Pointe, z. B.: „Ein Kapitel, so lang als mein Ellenbogen." So schickt er ferner jeder inneren Handlung eine symbolische körperliche voraus. Zuweilen erhöht er diese komische Sinnlichkeit durch zusammendrängende Einsilbigkeit, wie sie nur die englische Sprache ermöglicht, z. B.: „all the frusts, crusts and rusts of antiquity", oder die ähnliche Assonanz: „a tag, a rag, a jag, a strap." Zu dieser humoristischen Sinnlichkeit gehört auch das, was Jean Paul „Paraphrase oder Zerfällung des Subjekts und Prädikats" nennt, was sich aber durchaus nicht bei Sterne auf Subjekt und Prädikat beschränkt, sondern bei allen Satzteilen vorkommt und oft nicht viel mehr ist als eine Häufung von Worten, die in irgendwelche lose Beziehung zu einander gebracht werden können. Diese Paraphrase hat Sterne von Rabelais entlehnt, auch findet sie sich bei Fischart. Sterne setzt dieselbe in seinen witzigen Metaphern und Allegorien fort, die durch ihren Reichtum sinnlicher Nebenbezüge an die Homerischen Gleichnisse erinnern.

Zu den sonstigen Unterstützungsmitteln der Komik gehört vor allem der Sternische Periodenbau, der „durch Gedankenstriche nicht Teile, sondern Ganze verbindet".[1]) Humoristisch wirkt auch — um nur noch ein Beispiel herauszugreifen — die Sternische Eigentümlichkeit, dass er erst weitschweifig von einer Sache redet und dann endlich erklärt, es sei ohnehin kein Wort davon wahr.

Alle diese Darstellungsmittel sind eigentlich nur eine Fortsetzung des oben auseinandergesetzten Stilprinzips bis ins Kleinste; und wenn uns der Schriftsteller durch Uebertreibung dieses Prinzips auch hier und da langweilig und platt erscheint, so lässt sich doch nicht leugnen, dass bei ihm jene innere Einheit zwischen Dargestelltem und Darstellung vorhanden ist, die wir im engeren Sinne nach Goethes Vorgang mit Stil bezeichnen und die nur grossen Geistern eignet.

---

[1]) Jean Paul, Vorschule der Aesthetik, § 32, S. 170.

II.
Wielands Beschäftigung mit Sternes Schriften.

Der neue Stern am Himmel der englischen Litteratur konnte auch in Deutschland nicht lange verborgen bleiben, zumal man schon lange gewohnt war, mit bewundernden Augen die litterarische Entwickelung jenseits des Kanals zu verfolgen und sich von dem stammverwandten Volke die Muster für eigene Produktion zu holen.

Die moralischen Wochenschriften der Steele und Addison hatten bei Schweizern und Gottschedianern gar bald Nachfolge erhalten. Miltons „Paradise lost" liess den ersten grossen litterarischen Kampf bei uns entbrennen, der den Weg zu dichterischer Grösse frei machen sollte. Die formvollendete Poesie des polierten Weltmannes Pope fand in Zachariä ebenso einen bewundernden Nachahmer, wie die ernst moralisierende Naturbetrachtung eines Thomson bei Brockes, Haller, Klopstock, Kleist eine tiefe Begeisterung und zuversichtliche Schaffenslust weckte. Die Bremer Beiträger versenkten sich mit inbrünstiger Andacht in die düstere Melancholie der Youngschen „Nachtgedanken", und während Gottscheds „Sterbender Cato" und Lessings „Miss Sara Sampson" den Einfluss der englischen Bühne in Deutschland bezeugten, sogen die verschiedensten Gebiete der deutschen Litteratur aus den Satiren und Romanen der Swift, Defoe, Richardson,[1] Fielding reichliche Nahrung. So konnte auch Laurence Sterne auf eine freundliche Aufnahme in dem Vaterlande Fischarts

---

[1] Der erste deutsche humoristische Originalroman von Musäus, „Grendison II.", bringt Richardson selbst und Parodie desselben.

rechnen, und bald zeigten Urteile in Zeitschriften und rasch fertige Uebersetzungen,[1]) dass man ihn wohl zu würdigen verstand.

Erst in der zweiten Hälfte der sechziger Jahre lernte Wieland ihn kennen. Wielands Umschwung von der seinem innersten Wesen fremden mystisch-asketischen Weltanschauung zu der Epikureischen, an Frivolität streifenden Richtung hatte ein halbes Jahrzehnt vorher seinen Abschluss gefunden. Hand in Hand mit diesem Umschwunge ging auch die entsprechende Wandlung in Wielands Verhältnis zu Richardson. Während er noch 1759 „Briefe von Karl Grandison an seine pupille Emilia Jervois" plante und 1760 nach einer Episode des „Grandison" sein Trauerspiel „Clementina von Porretta" vollendete, spottete er in einem Briefe an Julie Bondely[2]) vom 16. Juli 1764 bereits über die „Don Quichoterien seiner ersten Jugend",[3]) über die Zeit des Enthusiasmus und Platonismus, in der er gegen Ovid, Rousseau, La Fontaine und andere „gens d'esprit forts" geeifert habe. Nach seinem „famosen Descensus aus den Platonischen Sphären in diese körperliche sublunarische Welt"[4]) ging seine Bewunderung für Richardson in entschiedene Gegnerschaft über. Mit grösster Begeisterung las er nun die Schriften der englischen Humoristen Fielding und Sterne, die den Freund seiner mystisch-

---

[1]) Die älteste Uebersetzung des „Tristram Shandy" erschien bereits 1763 in Berlin, enthält aber natürlich nur die ersten 6 Bücher. Mehrere andere Uebersetzungen folgten nach Vollendung des Romans. Die Bodesche Uebersetzung des Tr. Sh. erschien erst 1774 in Hamburg. — „A Sentimental Journey" wurde bereits im Jahre ihres Erscheinens von zwei Seiten übersetzt, von Weis (?) in Braunschweig und von Bode in Hamburg. Von beiden liegen mir 2 Auflagen aus dem Jahre 1769 vor. Zahlreiche Uebersetzungen beider Romane sind bis in die neueste Zeit gefolgt (z. B. in der Reclambibliothek und der Ausgabe des Bibliographischen Instituts).

[2]) Vgl. Erich Schmidt: Richardson, Rousseau, Goethe, S. 46 ff.

[3]) Ausgewählte Briefe von C. M. Wieland, Bd. II, S. 244; desgleichen verrät Wieland seine Gegnerschaft gegen Richardson in seinen Briefen an Sophie von La Roche und in einer Stelle des „Neuen Amadis."

[4]) Brief an Salomon Gessner vom 29. August 1764 (ausgew. Briefe, Bd. II, S. 250).

asketischen Periode verspotteten und parodierten, und lachte mit ihnen behaglich über die vielfachen Schwächen Sir Samuels. So war schon Wielands „Don Silvio" (1764) ganz beeinflusst von Fieldings „Joseph Andrews", wie andererseits auch von Cervantes.

Das erste festdatierbare Zeugnis für Wielands Beschäftigung mit Sterne ist ein Brief an Zimmermann[1]) vom 13. November 1767. In diesem spricht er von Sterne in den überschwänglichsten Ausdrücken. Er nennt ihn begeistert seinen Lieblingsautor, rühmt seine Sokratische Weisheit und beklagt, dass Sterne von der deutschen Kritik vollständig missverstanden werde. Mit diesem Inhalt decken sich — in vielen Punkten an den Wortlaut erinnernd[2]) — die Ausführungen eines undatierten Briefes an Sophie von La Roche. Der Herausgeber, Franz Horn, hat ihn ohne Angabe der Gründe „etwa ins Jahr 1766" gesetzt.[3]) Indessen empfehlen die erwähnten Uebereinstimmungen ihn ganz nahe an den ersteren Brief heranzurücken und in der doppelten begeisterten Ergiessung den ungewöhnlichen Eindruck einer ersten Lektüre des „Tristram Shandy" auf den leicht erregbaren Wieland zu erkennen. Diese Vermutung wird bestätigt durch die Thatsache, dass von den zahlreichen sicher datierbaren Briefen der Jahre 1766 und 1767 kein einziger vor dem 13. November 1767 Sterne auch nur mit einer Silbe erwähnt, während nach diesem Termin für eine längere Zeit fast in jedem Briefe der Name dieses Autors oder eine seiner Romanfiguren genannt wird.[4]) Der warme Ton jener beiden Briefstellen und

---

[1]) Ausgewählte Briefe, Bd. II, S. 285 f.

[2]) Z. B. nennt Wieland auch hier ihn wieder seinen Lieblingsautor: ein Lobesausdruck, der in Wielands gesamtem Briefwechsel für keinen anderen Autor und auch für Sterne nur diese beiden Male gebraucht wird. In diesem Briefe spricht W. ferner von einem heroischkomischen Gedicht „Alexander der Grosse", das er plane. Dieser Plan taucht nur noch einmal in seinem Briefwechsel auf, und zwar in einem Briefe an Zimmermann vom 3. Dezember 1767.

[3]) C. M. Wielands Briefe an Sophie von La Roche, herausgegeben von Franz Horn, Berlin 1820, S. 61—65.

[4]) So z. B. in Briefen an Zimmermann vom 3. Dezember 1767 (ausgewählte Briefe, II, 292), an Riedel vom 2. Januar 1768 und noch

die Offenheit, mit der Wieland stets in seinen Briefen seine jeweiligen Interessen auskramt, lassen die Annahme unmöglich erscheinen, dass Wieland Sterne Jahr und Tag gekannt habe, ohne ihn auch nur einmal zu nennen.

Somit ergibt sich, dass Wieland den „Tristram Shandy" nicht vor Sommer oder Herbst 1767 gelesen hat, und dass jener Brief an Sophie von La Roche ungefähr gleichzeitig mit dem an Zimmermann anzusetzen ist.[1])

Das zweite bedeutende Werk Sternes „A Sentimental Journey" liess sich Wieland, der dem Autor Geschmack abgewonnen hatte, sofort im Erscheinungsjahr von seinem Buchhändler Reich schicken. In einem Briefe an Riedel vom 15. Dezember 1768 schildert er in seiner lebhaften Art das Vergnügen, das ihm das neue Werk bereitete. Doch wurde der Genuss zunächst dadurch verkümmert, dass durch ein Versehen statt der beiden Bände der „Empfindsamen Reise" zunächst zwei zweite Bände an Wieland gelangten,[2]) so dass der notwendige Austausch die Lektüre des ersten Bandes noch etwas hinausgeschoben haben wird.

Der erste deutsche Shakespeare-Uebersetzer las natürlich auch seinen Sterne im Original. „Tristram Shandy" prangte in einer schönen Londoner Ausgabe in seiner Bibliothek[3]), und das „Sentimental Journey" lieferte für den „Neuen Amadis" englische Citate mit dazugehörigen Anmerkungen.[4]) Doch wurde er auch bald mit Uebersetzungen bekannt, wenn auch

---

drei weiteren Briefen desselben Jahres (in Ludwig Wielands Briefsammlung Bd. I., S. 172, 198, 220, 231—34), an Sophie von La Roche vom Jahre 1768 (in Horns Ausgabe S. 81—82) u. s. w.

[1]) Aus dem von Hassencamp kurz skizzierten Inhalt eines anderen Briefes an Sophie von La Roche lässt sich bei der Magerkeit der Angaben ebenso wenig für unsere Frage ein Resultat ziehen, wie eine Kontrolle der beigegebenen Datierung möglich ist. Vgl. Neue Briefe C. M. Wielands vornehmlich an Sophie von La Roche, herausgegeben von Prof. Dr. Hassencamp, (Stuttgart, Cotta 1894), S. XXXII.

[2]) Vgl. Brief an Riedel vom 15. Dezember 1768 (in Ludwig Wielands Briefsammlung I, 231—234).

[3]) Vgl. Brief an Zimmermann vom 13. November 1767 (ausgewählte Briefe, II, 285 f.).

[4]) „Neuer Amadis" I, S. 20 u. a. m.

sein Urteil über die früheren nicht gerade schmeichelhaft lautet. In dem oben erwähnten Briefe an Zimmermann vom 13. November 1767 [1]) bedauerte er „die Deutschen, die dieses mit nichts zu vergleichende Original . . . aus einer so elenden, an unzähligen Orten ganz verfälschten und oft unverständlichen Uebersetzung kennen, in der sehr häufig gerade die feinsten Züge des Originals verpfuscht und aus dem schönsten Sinn Unsinn gemacht ist."

Bei einem solchen Urteil wird er sich dieser Uebersetzung schwerlich allzuoft bedient haben, und wenn er sich am 15. Dezember 1768 brieflich [2]) bei Riedel nach Uebersetzungen des „Sentimental Journey" erkundigt, so geschieht dies nur, um sie „für etliche Freundinnen, die nicht englisch können", zu kaufen.

So konnte wohl einmal in dem projektenreichen Wieland selbst der Plan einer deutschen Uebersetzung des „Tristram Shandy" auftauchen, die besser sein solle „als die elende, welche zu Berlin herausgekommen ist, in welcher weder der Geist noch der Geschmack und am allerwenigsten die Originalität dieses unvergleichlichen Mannes kenntlich ist". [3]) Doch kam dieser Gedanke nicht zur Ausführung, mögen Wieland nun die eigenen dichterischen Arbeiten keine Zeit dazu gelassen haben, oder die Verleger die Arbeit nicht entsprechend haben bezahlen wollen. Auch war sich Wieland der Schwierigkeiten einer solchen Arbeit wohl bewusst und verstand in dieser Hinsicht die Bodesche Uebersetzung des „Tristram Shandy", die 1774 in Hamburg erschien, gebührend zu würdigen. [4]) Im Teutschen Merkur vom Jahre 1774 sagt Wieland: „Diese Bodesche Uebersetzung ist nicht nur eine neue, sie ist wirklich die einzige Uebersetzung von

---

[1]) Ausgewählte Briefe, II, 285 f.
[2]) Ludwig Wielands Briefsammlung, I, 231-234.
[3]) Brief an Riedel vom 15. Dezember 1768 (Ludwig Wielands Briefsammlung, I, 232).
[4]) Wie er schon vorher die Nachricht, dass dieser geschickte Dolmetsch an der Uebersetzung des Tr. Sh. arbeite, im Teutschen Merkur des Jahres 1773 (bei Beurteilung seiner Verdeutschung von Klinkers Reisen) mit Freuden begrüsst hatte.

Tristram Shandy; sie versöhnt den Schatten des unsterblichen Yorick, oder vielmehr Sternes Geist ist selbst auf Boden herabgestiegen und hat ihn mit seiner ganzen Laune erfüllt, ihm das Verständnis der feinsten Schönheiten seines Werkes geöffnet ... So haben wir ... eine verständliche und getreue Uebersetzung, worin seine eigene Laune, sein eigenes air, seine ganze Sternheit durchaus herrscht" u. s. w. Die schon 1769 erschienene Bodesche Uebersetzung der „Empfindsamen Reise" erwähnt Wieland mit keinem Worte, so dass bei der rückhaltlosen Anerkennung der Tristram-Uebersetzung die Vermutung nahe liegt, er habe sie gar nicht gekannt.

Natürlich konnte ihm im Jahre 1774 die Bodesche Uebersetzung trotz des ihr gewidmeten genaueren Studiums keine nähere Kenntnis des Originals mehr vermitteln. Auch was ihm sonst an deutschen Uebersetzungen vor die Augen kam, ging, ohne eine Spur in den Briefen zu hinterlassen, an ihm vorüber, und als er im „Neuen Amadis" seinen Lieblingsautor mit genauer Stellenangabe citierte, war es das Original, dem er die Citate entnahm.

Uebrigens lässt die ganze, unten näher zu erörternde Art der Benutzung Sternes die Frage, ob Wieland mehr Original oder Uebersetzung gelesen habe, ziemlich belanglos erscheinen.

Sprechen so für Wielands eingehende Kenntnis der beiden Sternischen Romane eine Menge Stellen, so lassen sich dagegen für eine Bekanntschaft mit den übrigen Schriften des Autors, dem „Koran", den Briefen und den Predigten, keine Zeugnisse aufführen, trotzdem „Koran", Predigten und Briefe in Deutschland oder wenigstens in der Schweiz wiederholt nachgedruckt und übersetzt wurden.

Denn, wenn Wieland in dem obigen Briefe an Zimmermann um kleine Anmerkungen zum „Agathon" bittet, „wie sie Sterne zu seinen Predigten macht", so zehrt diese Stelle zweifelsohne ebenso nur von der ausführlichen Besprechung dieser Yorickschen Gewohnheit im 172. Kapitel des „Tristram Shandy", wie im Briefe an F. H. Jacobi[1]) vom 15. November

---

[1]) Ausgewählte Briefe, III, 15.

1770 das den Düsseldorfern gepredigte „Evangelium Yoricks"[1] seine Anführung und Charakterisierung nur der im „Tristram Shandy" eingelegten langen Predigt Yoricks verdankt, ganz abgesehen davon, dass ja das ganze Werk in den Geist des Sterne-Yorickschen „Evangelium" getaucht ist.

Und wie die direkten Zeugnisse schweigen, so spricht auch keine Entlehnung oder Nachahmung in Wielands Werken indirekt für eine Kenntnis dieser Schriften.

Bei der harmonisierenden Weltanschauung der beiden Schriftsteller und bei den zahlreichen Citaten und Erwähnungen der Romane Sternes lassen sich diese Thatsachen nur aus einer vollständigen Unkenntnis jener Werke erklären, und die vorliegende Untersuchung beschränkt sich daher mit Recht auf die Romane Sternes.

---

[1] Zur Charakterisierung dessen, was Wieland hier „Evangelium Yoricks" nennt, diene folgende Briefstelle: „Es war . . . eine seltsame Licentia poetica von Ew. Liebden, den Düsseldorfern öffentlich das Evangelium Yoricks zu predigen. Sehen Sie zu, wie Ihnen die Geistlichen und die sogenannten Kritiker applaudieren werden. Ich meines Orts bin, das können Sie sich vorstellen, mit Ihrem Evangelio höchlich zufrieden — wiewohl freilich alles, was Sie geprediget haben, lauter Naturalismus, Deismus und Pelagianismus, ja purer verfeinerter Epikurismus, Philosophie der Grazien und, mit einem Worte, pures Heidentum ist."

III.
Sternes Einfluss auf Wielands dichterisches Schaffen.

Die Liebe, die Wieland dem Verfasser des „Tristram Shandy" entgegenbrachte, war tief in den übereinstimmenden Lebensanschauungen der beiden Männer, in der Verwandtschaft der Charaktere begründet. Nachdem Wieland der ihm innerlich fremden mystisch-asketischen Weltanschauung den Rücken gekehrt hatte, musste ihm ein Autor wie Sterne ungemeine Sympathien, wahrhafte Bewunderung einflössen. Fand er doch in dessen Werken so manche seiner eigenen litterarischen Bestrebungen wieder, und das in einer Behandlung, die für das überlegene Genie des Verfassers das beste Zeugnis war.

Hatte sich auch in Wieland der christliche Fanatiker von einst, der seinem religiösen Eifer zu liebe selbst vor Verleumdungen nicht zurückschreckte, in einen vollkommenen Freigeist verwandelt, der nicht genug über die Unduldsamkeit der Geistlichen klagen konnte, so liess er sich doch nur äusserst selten zu Spott über religiöse Dinge hinreissen und fand in dieser Beziehung sein eigenstes Selbst in jenem Manne in priesterlichem Gewande wieder, der „die zarteste Humanität und die innigste Ehrerbietung für Sittlichkeit und Religion mit dem ungebundensten Freisinn"[1] vereinigte, der gerade das längste Kapitel[2] seines Hauptromans „Tristram Shandy" gegen die Intoleranz der christlichen Kirche geschrieben.

Freilich, während Wieland ohne Scheu eingestand, dass er an Stelle der christlichen Religion die griechische Kaloka-

---
[1] Teutscher Merkur 1790, II, S. 209—16.
[2] Tauchnitz Edition, Bd. 153, S. 91—110.

gathie oder, wie er sie zu nennen liebte, die „Sokratische Weisheit" sich als Lebensnorm gewählt hatte, rühmte man von Sterne, dass er seinen Glauben bis zum Grabe nicht verloren habe.[1]) Aber das „Evangelium Yoricks", wie er es in seinen Romanen predigte, nannte Wieland wohl nicht mit Unrecht „lauter Naturalismus, Deismus und Pelagianismus, ja puren verfeinerten Epikurismus, Philosophie der Grazien und, mit einem Worte, pures Heidentum".[2])

Beiden Männern hatte die Natur ausser einem Herzen voll „Wärme und Gefühl"[3]) seltene Geistesgaben verliehen, die sie zu Schriftstellern recht eigentlich befähigten: ein feines Gefühl für das Schöne und Gute,[4]) gesunde Beurteilung der Lebensverhältnisse, einen scharfen Blick für die Schwächen und Fehler des menschlichen Herzens.

Aber diese Menschenkenntnis erfüllte sie nicht mit pessimistischen Gedanken, sie liess sie nicht auf eitle Weltverbesserungspläne sinnen, sondern mit liebenswürdigem Humor belächelten sie die Tollheiten und Verkehrheiten des Menschengeschlechtes, das nun einmal nicht anders war. Ueberhaupt war beider Lebensphilosophie nicht in jenen düstern Ernst getaucht, der sie zu selbstquälerischem Nachdenken und Grübeln hätte führen können. Ihr leichtes Naturell liess sie der heiteren Lebensfreude huldigen, ihr offener gerader Sinn ertrug keine Verstellung und Unnatur. Darum hassten sie die Prüderie und die angenommene Ernsthaftigkeit, die in ihren Augen nur der Dummheit oder Schurkerei zum Deckmantel dient.[5])

Indessen lässt sich nicht leugnen, dass gerade das lebhafte Temperament beide zuweilen zu weit geführt und ihnen manchen nicht unverdienten Tadel zugezogen hat; und wenn Wieland bei Sterne einen „Leichtsinn, der oft bis zur Leicht-

---

[1]) Vgl. Fitzgeralds Biographie Sternes, 2. Aufl. London 1896.
[2]) Brief an Jacobi vom 15. November 1770 (ausgew. Briefe, III, 15).
[3]) Brief an Gleim vom 4. Mai 1772 (ausgew. Briefe, III, S. 125).
[4]) Vgl. Wielands Aufsatz im Teutschen Merkur 1790, II, 209—16.
[5]) Vgl. Brief an Jacobi vom 22. Februar 1770 (ausgew. Briefe, II, 353).

fertigkeit ausschweift", [1] entdeckte, so konnte er selbst ähnliche Vorwürfe zu hören bekommen.

Allerdings führte Wieland zu der Zeit seines Bekanntwerdens mit Sterne bereits seit Jahren als Ehemann einen tadellosen Lebenswandel. Aber in seinen Dichtungen herrschte noch Jahrzehnte lang eine frivole und lüsterne Sinnlichkeit, die mit derjenigen Sternes oft frappante Aehnlichkeit aufweist, wie sie andererseits von der frischen natürlichen Sinnlichkeit eines Goethe und Shakespeare himmelweit verschieden ist.

So mochte Wieland in manchen guten und schlechten Charaktereigenschaften, die der britische Autor in seinen Werken verriet, seine eigenen wiedererkennen oder sie doch wenigstens unwillkürlich als solche empfinden. Schrieb er doch z. B. 1771 an Freiherrn Friedrich Wilhelm v. d. G.: [2] „Wie manchen Schatten hat ein wunderliches Schicksal, das mich verfolgt, und wie manchen meine natürliche Aehnlichkeit mit dem ehrlichen Yorick auf mich geworfen."

Ausserdem hatten beide Autoren bei ihrer Schriftstellerei unbewusst das gleiche Ziel im Auge. Beide schrieben für die französisch gebildete Aristokratie ihres Volkes; sie befleissigten sich deshalb beide dem französischen Geschmack gemäss eines geistvollen, pikanten Plaudertones.

Während indessen dieser Stil bei Sterne mehr ein Ausfluss seines Temperamentes und seiner geistigen Eigenart war, die in mehr als einer Beziehung dem französischen Volkscharakter verwandt war, [3] entsprang er bei Wieland, dessen Charakter man schwerlich französische Eigenschaften nachsagen kann, mehr äusseren Ursachen. Hatte er sich schon unbewusst durch den Einfluss des Grafen Stadion und durch

[1] Vgl. Teutscher Merkur 1790, II, 209—16.

[2] Im Anhang des III. Bandes von „Natürlichkeiten der sinnlichen und empfindsamen Liebe" von Freiherrn Fr. Wilh. v. d. G. (Königsberg 1798, S. 199—222).

[3] Dies zeigte sich in unwiderleglicher Weise bei Sternes wiederholtem Aufenthalt in Paris, wo er sich bei seinem lebhaften Temperament und seinem geistvollen Witz sofort in allen Kreisen zu Hause fühlte, (vgl. A Sentimental Journey, S. 64—139).

die Lektüre der von ihm so geliebten Feenmärchen in französischen Uebersetzungen und Bearbeitungen[1]) in französischen Stil und französisches Wesen eingelebt, so kam er doch auch absichtlich dem französischen Geschmacke der deutschen Aristokratie entgegen, um diese der deutschen Litteratur und so dem Deutschtum wieder zu gewinnen.

Dass Wieland in der That sich einer gewissen geistigen Verwandtschaft mit Sterne und eines gleichen Strebens bewusst war, beweist eine ganze Reihe seiner Briefe.[2]) Besonders charakteristisch ist ein Brief an Riedel vom Jahre 1768, in dem er Sternes Tod beklagt: „Was für ein Verlust ist sein Tod! Ich kann ihn nicht verschmerzen. Unter allen vom Weibe Gebornen ist kein Autor, dessen Gefühl, Humor und Art zu denken vollkommner mit dem meinigen sympathisiert; den ich besser verstehe, auch wo er andern dunkel ist; der mich mehr lehrt; der dasjenige so gut ausdrückt, was ich tausendmal empfunden habe, ohne es ausdrücken zu können oder zu wollen".[3])

So ist es denn begreiflich, dass Wielands Zorn sich regte, als er Sterne überall verkannt und seinen „Tristram" von der Kritik besprochen sah wie „un ouvrage burlesque, grotesque, fait tout-au-plus pour faire rire."[4]) Nicht nur in privaten Briefen sprach er seinen Unmut aus, auch in öffentlichen Aufsätzen wollte er für Sterne eintreten. Als ihm Riedel vorschlug, mit ihm nach Lessingscher Art Litteraturbriefe zu veröffentlichen, sollte Sternes „Tristram" das erste Buch sein, für das er eine Lanze brechen wollte;[5]) und als dieser Plan sich

---

[1]) Vgl. „Die Feenmärchen bei Wieland" von K. Otto Mayer (Vierteljahrschr. f. Litt.-Gesch. Bd. V, S. 374—408 und 497—533).

[2]) Unter andern der Brief an Jacobi vom 22. Februar 1770 (ausgew. Briefe, II, 353), Brief an Freiherrn Fr. Wilh. v. d. G. vom 15. Dezember 1771 (a. a. O.), Brief an Gleim vom 4. Mai 1772 (ausgew. Briefe, III, 125).

[3]) Ludwig Wielands Briefsammlung, Bd. I, S. 231—234.

[4]) Brief an Sophie von La Roche (Ausgabe von Franz Horn, S. 63).

[5]) Brief vom 26. Oktober 1768 (Ludwig Wielands Briefsammlung, Bd. I, S. 220).

zerschlug, brachte er in seinem „Teutschen Merkur" bei jeder Gelegenheit[1]) Artikel, in denen er seine fast masslose Bewunderung für den englischen Humoristen bekundete. Gleichwohl war Wieland ehrlich genug, sowohl sich selbst als auch dem Publikum die Schwächen seines Lieblingsromanes „Tristram Shandy" einzugestehen. Im Jahre 1773 forderte er in seiner Zeitschrift[2]) den neuen Uebersetzer, Bode, allen Ernstes auf, gewaltsam die Mängel dieses Buches zu beseitigen, das jetzt „ein unbegreiflicher Mischmasch von Weisheit, Thorheit, Witz, Empfindung, Geschmack, Unsinn, Metaphysik des Herzens, Kenntnis der Welt, Kritik, feinem Scherz, unnachahmlicher Laune und unausstehlichen Plattheiten" sei.

Obwohl Wieland so für die Schwächen des „Tristram Shandy" nicht blind war, war seine Begeisterung für Sterne trotzdem beinahe masslos. In dem Briefe an Zimmermann vom 13. November 1767 schrieb er wörtlich:[3]) „Ich gestehe Ihnen, mein Freund, dass Sterne beinahe der einzige Autor in der Welt ist, den ich mit einer Art ehrfurchtsvoller Bewunderung ansehe. Ich werde sein Buch studieren, so lange ich lebe, und es doch nicht genug studiert haben. Ich kenne keines, worin so viel echte Sokratische Weisheit, eine so tiefe Kenntnis des Menschen, ein so feines Gefühl des Schönen und Guten, eine so grosse Menge neuer und feiner moralischer Bemerkungen, so viel gesunde Beurteilung mit so viel Witz und Genie verbunden wäre."

Bei solcher Verehrung Wielands für den englischen Humoristen wäre es geradezu befremdlich, wenn er bei der Empfänglichkeit seines Geistes nicht manches von ihm angenommen hätte. Andererseits schützte ihn seine ganze Persönlichkeit und seine künstlerische Höhe vor sklavischer Nachahmung eines anderen Autors. Ueberhaupt hielt Wieland Sterne für ein äusserst „gefährliches Muster zum Nachahmen."[4]) Um mit gutem Erfolge in der Manier und dem Geschmacke Sternes

---

[1]) Teutscher Merkur 1773, II, 228 ff; 1774, IV, 247 ff: 1782, IV, 192. 1790, II, 209 ff.
[2]) Teutscher Merkur 1773, II, 230.
[3]) Ausgew. Briefe, II, 285 f.
[4]) Teutscher Merkur 1782, IV, 192; 1790, II, 209 ff.

zu schreiben, müsse man ein Erbe seines Genies, seiner zarten Organisation, seines Geschmackes, seines Witzes und seiner Laune sein; man müsse seine tiefe Kenntnis des Menschen, seinen scharfen Blick in die geheimsten Falten des Herzens, die unbeschreiblich leichte Hand besitzen, mit der er die feinsten Gefühle und Empfindungen in ihre oft sehr heterogenen Bestandteile aufzulösen wisse. Ja man müsse gleich ihm im Stil wie in der Seele die ungleichartigsten und widersprechendsten Eigenschaften, eine Art von Ordnung und Methode mit der grössten anscheinenden Planlosigkeit und Unordnung vereinigen, müsse ein gleich grosser Meister im Erhabenen und Idealischen wie in der Karikatur sein. Man müsse endlich das Talent besitzen, die eigene Abhängigkeit zu verbergen.

Nun ist allerdings der Aufsatz, in dem Wieland alle diese Forderungen aufstellte und dringend vor der Nachahmung Sternes warnte, aus dem Jahre 1790, also aus jener verhältnismässig späten Zeit, da die meisten hier in Frage kommenden Dichtungen bereits geschrieben waren; indessen äusserte Wieland schon 1771 brieflich dieselbe Ansicht. Am 6. Juli dieses Jahres schrieb er, Bezug nehmend auf seine Rheinreise im Frühjahre, an Gleim:[1] „Ich wünsche das Andenken des letzten Mais und der seligen Stunden, welche uns die Freundschaft und die Empfindlichkeit unsrer Seelen hat geniessen lassen, auf irgend eine Art" zu verewigen, jedoch nicht in einer Erzählung, „davon ist eine Menge von Ursachen" . . . . . „nichts davon zu gedenken, dass alles, was die Form einer empfindsamen Reise hätte, dermalen als eine Nachahmung von Nachahmung aufgenommen werden und bei der Welt wenig Dank verdienen würde."

Dieser Plan scheint eben so wenig zur Ausführung gekommen zu sein wie ein anderer, der offenbar auch aus Furcht vor einer ungeschickten Nachahmung Sternes wieder bei Seite gelegt wurde.

Nachdem er nämlich schon in dem mehrfach citierten Briefe an Sophie von La Roche[2] von einem geplanten „poëme

---

[1] Ausgew. Briefe, III, 62.
[2] Ausgabe von Franz Horn, S. 62.

heroi-comique, dont Alexandre le grand seroit le sujet" gesprochen hatte, schrieb er am 3. Dezember 1767 über dasselbe Gedicht an Zimmermann:[1] „Allein, ich gestehe Ihnen, ὠ βελτιστε, dass ich meinem Kopf — der seit geraumer Zeit eine ganz Tristram Shandeische Wendung bekommen zu haben scheint — gar nicht mehr traue, und daher nichts von solcher Wichtigkeit beginnen werde, ohne alles vorher mit einem Freunde, der kein Dichter ist und die Welt mit aller ihrer Zubehör aus einem philosophischen Gesichtspunkt ansieht, wohl überlegt zu haben."

Wenn nun gleichwohl eine Reihe von Dichtungen Wielands einen Einfluss Sternes verraten, so ist der Widerspruch zu seiner soeben bewiesenen Scheu und seiner oben citierten Warnung doch bloss scheinbar; denn von einer sklavischen Nachahmung kann in der That bei Wieland nicht die Rede sein. Wenn er ja auch in gewissen Beziehungen sich von Sterne beeinflussen lässt, so besitzt er doch jenes Talent, das er von einem Nachahmer verlangen zu müssen glaubte, das Talent „zu verbergen, dass er nachahme." Wieland wusste sich eben, „anstatt seine Füsse immer ängstlich in Tristrams Fusstapfen zu setzen, einen eignen Weg zu bahnen, andere Materialien, andere Charakter in andern Situationen, oder doch die ähnlichen anders zu bearbeiten."[2]

Wir hatten oben gefunden, dass Wieland im Sommer oder wahrscheinlicher Herbst 1767 mit Sterne bekannt wurde. Wenn trotzdem im II. Teil des „Agathon", in der „Musarion", in „Idris und Zenide", die alle bald nach diesem Termine erschienen, ein Einfluss Sternes noch nicht bemerkbar ist, so erklärt sich dies einfach daraus, dass diese Werke damals bereits vollendet oder doch so gut wie vollendet waren. Dies lässt sich für alle drei Dichtungen aus Wielands Briefwechsel belegen. Am 21. Juli 1766 schrieb er an Salomon Gessner:[3] „Ein Gedicht in drei Gesängen, Musarion benannt, welches ein ziemlich systematisches Gemisch von Philosophie, Moral und Satire ist, liegt fertig, um jenen allenfalls angehängt zu

---

[1] Ausgew. Briefe, II, 292.
[2] Neuer Teutscher Merkur 1790, II, 212.
[3] Ludwig Wielands Briefsammlung, Bd. 1, S. 33 ff.

werden." Am 19. März 1767 schrieb er an Zimmermann:[1] „Sie haben nun den Musarion seit geraumer Zeit und werden in kurzem auch den Agathon bekommen." Am 2. Mai 1767 teilte er seiner Freundin Sophie von La Roche mit:[2] „Le second tome d'Agathon est achevé." Von „Idris und Zenide", das zwar, wie die „Musarion", erst 1768 im Druck erschien, wissen wir, dass Wieland bereits Juli 1766 daran dichtete.[3]

Die frühesten Dichtungen Wielands, die eine Bekanntschaft mit Sternes Werken verraten, sind zwei kleine halblyrische Gedichte aus dem Jahre 1768, „Endymions Traum"[4] und „Chloe".

Aber während in dem ersten sich der Einfluss Sternes auf eine bloss gelegentliche Erwähnung der Festungsrisse des Onkels Toby und des bei Sterne so beliebten Steckenpferdchens beschränkt, zeigt das zweite eine grössere Abhängigkeit von dem bewunderten Briten.

Chloe

ist zuerst 1770 in Chr. Heinr. Schmids „Anthologie der Deutschen" S. 270—272 abgedruckt.[5] Das Entstehungsjahr 1768 ist indessen durch eine Anmerkung des Herausgebers bezeugt. In

---

[1] Neue Briefe von Wieland, herausgeg. von Hassencamp, S. 146 bis 147, Anmerkung. In den ausgew. Briefen, II, 274 fehlt „den" vor „Musarion".

[2] Ebenda.

[3] Ludwig Wielands Briefsammlung, I, 33 f.

[4] Dieses nur aus wenigen Stanzen bestehende Fragment, das mit der komischen Erzählung „Diana und Endymion" in keinem Zusammenhange steht, ist von Riedel in Klotzens „Deutscher Bibliothek der schönen Wissenschaften" 1768 (Stück VII, S. 422—24) veröffentlicht. Dieser hatte es aus einem Briefe Wielands vom 10. August 1768 (an Riedel selbst); vgl. Ludwig Wielands Briefsammlung, 1, 208 f.

[5] Unter dem Titel „Erdenglück. An Chloe", abgedruckt in der Hempelschen Ausgabe der Werke Wielands, Bd. XI, S. 9—12; ebendort irrtümlich in der „Chronologie der Werke Wielands" als 1766 gedichtet bezeichnet. Schmid setzt ausdrücklich das Jahr 1768 als Entstehungsjahr dazu. Ueberdies hat Wieland den „Tristram Shandy" schwerlich vor Herbst 1767 gekannt (vgl. oben S. 16 f.).

etwa 60 Versen beklagt Wieland die Unvollkommenheiten und den Unbestand irdischen Glückes:

> „Ein Verhängnis, dessen dunkle Gründe
> Wir vielleicht in bessern Welten sehn,
> Findt für diese Welt ein reines Glück zu schön,
> Mischt in jeden Tropfen Lust geschwinde
> Zween von Bitterkeit . . ."

Der Hauptgedanke dieses Gedichtes geht auf eine Sternesche Klage zurück, die Wieland dem 244. Kapitel [1]) des „Tristram Shandy" entnommen. Hier berichtet Sterne ein Erlebnis Tristrams auf dessen Reise durch Frankreich. In der Gegend von Montpellier trifft er nach Feierabend die Landleute beim Reigentanze. Es fehlt ein Tänzer, und eine sonnenverbrannte Tochter der Arbeit, ein echtes Naturkind, eilt ihm entgegen:

„We want a cavalier, said she, holding out both her hands, as if to offer them. And a cavalier ye shall have, said I, taking hold of both of them.

Hadst thou, Nannette, been arrayed like a duchesse! But that cursed slit in thy petticoat!

Nannette cared not for it. —"

Im Eifer des Tanzes löst sich die Flechte ihres kastanienbraunen Haars:

„Tie me up this tress instantly, said Nannette, putting a piece of string into my hand. — It taught me to forget I was a stranger. — The whole knot fell down. — We had been seven years acquainted . . . . I would have given a crown to have had it sewed up — Nannette would not have given a sous — Viva la joia! [2]) was in her lips. Viva la joia! was in her eyes. — A transient spark of amity shot across the space betwixt us. — She looked amiable! —"

Why could I not live, and end my days thus? Just Disposer of our joys and sorrows, cried I, why could not a man sit down in the lap of content here, — and dance, and

---

[1]) Dem letzten Kapitel des VII. Buches der ersten Auflage; Tauchnitz Edition, Bd. 153, S. 417 f.

[2]) Die Worte des gascognischen Rundgesanges, den sie zum Tanz sangen.

sing, and say his prayers, and go to heaven with this nut-brown maid?"

Dies Geschichtchen kleidet Wieland in folgende Verse:

— „Warum, so ruft, entzückt
Von Nannette im kurzen Unterrocke,
Tristram aus, indem des Mädchens schwarze Locke
Sich im ungelernten Tanz entstrickt
Und ihr lächelnd Aug' unwissend Liebe blickt —
Ach! warum, du, dessen Wohlbehagen,
Unsre Freuden schafft und unsre Plagen,
Kann nicht hier ein Mann sich in der Freude Schoss
Niederlegen, tanzen, singen und sein Pater sagen
Und gen Himmel mit Nannetten gehn?"

Wieland verkürzt die Erzählung, da es sich für ihn nur um den eitlen Wunsch Tristrams handelt. Er lässt offenbar absichtlich den unästhetischen Schlitz an Nannettes Rock unerwähnt, versäumt aber auch, die unschuldige Vertraulichkeit des Naturkindes herüberzunehmen, die von Sterne mit so wenigen Strichen so reizend gezeichnet ist und eigentlich erst den Wunsch Tristrams innerlich begründet, so dass Wielands Darstellung gegenüber seiner englischen Quelle an Tiefe verliert.

Hatte es sich hier nur um eine blosse Entlehnung aus Sternes Roman gehandelt, so zeigt sich eine unleugbare Nachahmung des Engländers in Wielands

Beiträgen zur geheimen Geschichte des menschlichen Verstandes und Herzens.[1]

In dieser Streitschrift richtet sich zwar die Spitze der Polemik gegen Rousseau, aber die äussere Form zeigt überall die Manier Sternes. Das ganze Buch ist mit munterer Laune geschrieben; der Plan ist unter einer absichtlichen Unordnung

---

[1] Im Folgenden wird die in Goedekes Grundriss vorliegende chronologische Reihenfolge beibehalten, obwohl gelegentliche Briefnotizen diese nicht immer als zuverlässig erscheinen lassen. So sollte der „Diogenes", wie mir scheint, vor den „Beiträgen" stehen, da der „Diogenes" laut mehrfachen Briefstellen (z. B. Brief an Gleim vom 2. Oktober 1769) im August 1769, die „Beiträge" dagegen erst 1770 geschrieben sind (vgl. Brief vom 12. Mai 1770 bei Hassencamp).

versteckt, ein Prinzip, für das ja der „Tristram Shandy" ein drastisches Beispiel bot. Polemische Erörterungen wechseln mit Erzählungen, allein die auch hier endlosen Abschweifungen ermüden nicht wie diejenigen Sternes.

Schon im „Vorbericht" verrät sich Wieland als Nachahmer des englischen Humoristen in der Art, wie er mit den Lesern über ihren Beweggrund zu lesen und den Wert seines Buches plaudert (S. 6—8). Wie Sterne[1]) verteidigt er die Freiheit des Schriftstellers im Erfinden und in der Wahl des Stoffes (Beitr. I, 12—14), klagt über die Schwierigkeit seiner Anordnung (Beitr. I, 193—196) und stellt sich, als wüchse das Material ihm über den Kopf[2]) (Beitr. II, 78) und als kämen ihm die vielen Abschweifungen sehr gegen seinen Willen in die Quere (Beitr. II, 92).

Ja er entschuldigt sich, wenn er nach endlosen Digressionen zur angefangenen Geschichte zurückkehrt, und verspricht, solche Abschweifungen in Zukunft zu vermeiden und lieber in späteren Kapiteln das etwa Versäumte nachzuholen (Beitr. II, 83, 92). Gleichwohl bricht er bei nächster Gelegenheit wieder die Erzählung mit grösster Willkür ab, um eine neue Abschweifung zu bringen. Wiederholt lässt er sich zu diesem Zwecke wie sein Vorbild von den Lesern Einwände machen, um mit der Notwendigkeit ihrer Widerlegung seine Abschweifungen zu entschuldigen (Beitr. I, 52, 83; II, 83 u. a.). Kurz, er versäumt kein Mittelchen Sternes, seine Leser launig zu unterhalten und zu narren. Seine Nachahmung Sternes sucht er durchaus nicht zu verbergen. Ausdrücke wie „würde der alte Herr Shandy ausrufen" (I, 214) oder „mit Tristram zu reden" (I, 205) weisen genügend auf sein Muster hin, mit dessen Stil er I, 194 seine Schreibweise geradezu vergleicht. Ja er lässt sich direkt vom Kritiker den Vorwurf machen, den „Tristram Shandy" nachzuahmen, gibt zunächst scheinbar verlegen dem Angreifer recht, um ihn dann voll Hohn ad absurdum zu führen (II, 83—91). Die Stelle ist ein Meisterstück satirischer Selbstironie. Während er sich ernsthaft gegen

---

[1]) Z. B. Tristram Shandy, S. 216.
[2]) Vgl. Tristram Shandy, Kap. 14 oder S. 178 oder S. 219.

den Vorwurf der Nachahmung verwahrt, entlehnt er jedes Wort seiner Verteidigung, ja jeden Witz von Sterne. Am weitesten geht Wieland in der Nachahmung des Engländers bei den ermüdenden Anhäufungen von gleichartigen Worten, die Jean Paul mit dem Worte „Paraphrasen" bezeichnet. Wieland häuft Verba (z. B. I, 6), Adjektiva (z. B. I, 7), Substantiva (z. B. I, 8) und besonders Standesbezeichnungen [1]) (wie I, 85—86) oder Eigennamen (z. B. I, 198—199). Ja II. 85—92 bringt er alle diese Arten von Worthäufungen hintereinander.

Sehr oft fügt Wieland nach Sternes Muster gelehrte Anmerkungen bei (I, 49, 87, 110, 185, 188 u. a.; II, 27, 28, 29, 38, 45, 46 u. a.). Zuweilen bringen diese Anmerkungen Unanständigkeiten [2]) (z. B. I, 251), öfters erstrecken sie sich über mehrere Seiten [3]) (z. B. II, 54—57, 181—182, 197—198 u. a.).

Wie sein englischer Vorgänger [4]) schreibt Wieland auch zuweilen fremde Autoren aus und bringt oft Citate. Unter letzteren auch ein längeres von Sterne selbst (Beitr. II, 37—38). [5]) Nicht immer hat Wieland wie hier den fremden Autor übersetzt, sondern wie Sterne [6]) citiert er oft in der Sprache des Originals (z. B. Beitr. II, 174, 181, 199.)

Auch in seinem Benehmen gegen das schöne Geschlecht hat sich Wieland von seinem Vorbild bestimmen lassen. Wie Sterne [7]) versäumt auch Wieland keine Gelegenheit, wo er etwas Indecentes zu sagen hat, seine „schöne Leserin" anzuzapfen und sich obendrein als harmlosen, getreuen Kopisten der Natur zu entschuldigen (z. B. I, 67—69, 70—73, 231 bis 232; II. 97 u. s. w.). Genau wie Sterne [8]) bittet er einmal die Damen, das folgende Kapitel zu überschlagen, da es etwas Unanständiges bringe (II, 135 ff.); und obwohl er versichert, dass „niemand eine edlere Meinung von ihrem liebenswürdigen Geschlechte" haben könne als er, so lässt er doch nicht den

---

[1]) Vgl. Tristram Shandy, S. 10.
[2]) Vgl. Tr. Sh., S. 44—46.
[3]) Vgl. Tr. Sh., S. 44—46.
[4]) Vgl. die zahlreichen langen Partien aus dem Slawkenborgius.
[5]) A Sentimental Journey, S. 40 ff.
[6]) Z. B. Tristram Shandy, S. 44—45, 130—132, 216—217.
[7]) Z. B. Tristram Shandy, S. 43 f., S. 50.
[8]) Z. B. Tristram Shandy, Kap. IV, S. 3—5.

geringsten Zweifel über seine dem widersprechende ungalante Vermutung, dass sie das betreffende Kapitel nun erst recht läsen.

Wie Sterne [1]) die lange Predigt Yoricks einschiebt, um die Unduldsamkeit der Pfaffen und jegliche Heuchelei und Selbstgerechtigkeit zu geisseln, so legt auch Wieland zu dem gleichen Zwecke die Bekenntnisse des Abulfaouaris ein (I, 133—181). Die Geständnisse dieses Priesters kompromittieren seine ganze Berufsgenossenschaft. Ein bemerkenswerter Unterschied zeigt sich indessen in der Art, wie beide Autoren das gleiche Ziel verfolgen. Wieland bleibt, wie überall, wo er den priesterlichen Stand angreift, so auch hier durchaus in dem Rahmen einer ernst gehaltenen Satire. Sterne bewahrt in der Predigt zwar auch den Ernst, scheut sich aber trotz seiner Zugehörigkeit zum geistlichen Stande durchaus nicht, gelegentlich Mitglieder desselben mit derbstem Humor zu verspotten, wie besonders in der Gastmahlscene.[2])

Wie Sterne verspottet auch Wieland andere Gelehrtenstände, so Aerzte, Juristen, Philosophen und besonders die Kritiker und Kunstrichter mit ihrer Pedanterie und ihrer angemassten Allwissenheit (Beitr. I, 235—239; II, 83—91 u. a.).

Ebenso erinnert Wielands Bericht von dem geschwätzigen Papagei seines Mexikaners (I, 30—31):

„Wahr ist's, ein strenger Dialektiker würde oft sehr viel gegen seine Kombinationen einzuwenden gehabt haben. Hingegen gelangen ihm auch nicht selten die witzigsten Einfälle; und wenn er zuweilen Nonsens sagte, so kam es bloss daher, weil er keine Begriffe, sondern blosse Wörter kombinierte."

an die unzähligen Stellen, wo Sterne den alten Herrn Shandy disputieren lässt und mit ähnlichen Worten dessen sophistische Reden kritisiert.

Auch an Einzelheiten fehlt es nicht, die Wieland seinem Vorbilde entlehnte. Hatte Sterne im „Tristram Shandy" (S. 21) die ewigen „ifs" verwünscht, so sagt Wieland (Beitr. II. 78):

---

[1]) Tristram Shandy, S. 94—108.
[2]) Tristram Shandy, S. 245—254.

es ist Zeit allen diesen „dass" ein Ende zu machen. Im Anschluss an „Tristram Shandy" (Kap. XIX, S. 38—43) ergeht er sich in längerer Betrachtung über die Schönheit und den Wert der Namen (I, 38—39). Ein andermal (I, 45) redet er in Sternischer Weise[1]) von den Säften und sonstigen Teilen des menschlichen Organismus; ja er bringt endlich (I, 207) den Sterneschen „Homunculus" (= Menschen im Keim) an.

In der etwa gleichzeitig, 1770 auf der Jubilatmesse in Leipzig erschienenen kleinen poetischen Erzählung

Combabus

kann von einer Nachahmung Sternes nicht die Rede sein. Die einzigen Spuren der Lektüre des „Tristram Shandy" sind gelegentliche Erwähnungen einiger Personen. Oheim Toby und Trim, der Korporal, werden (S. 6) mit ihrer still und unbewusst geübten Tugend den Philosophen gegenübergestellt, die sich mit vieler Rhetorik um das Wesen der Tugend zanken. Ausserdem werden noch Phutatorius, Smelfungus (S. 37) und Trismegistus (S. 47) genannt, die auch bei Wieland die ihnen von Sterne verliehenen Charaktereigenschaften beibehalten.

Waren die „Beiträge zur geheimen Geschichte des menschlichen Verstandes und Herzens" durch ihre Polemik gegen Rousseau und durch ihren fast wissenschaftlichen Charakter in ihren Grundzügen bestimmt, so musste sich der Einfluss Sternes, von Einzelheiten abgesehen, im wesentlichen nur auf den Stil beschränken.[2]) In dieser Hinsicht tritt eine Aenderung ein, sobald Wieland seiner schaffenden Phantasie frei die Zügel schiessen lässt. Es soll damit natürlich nicht gesagt sein, dass nun alle folgenden Dichtungen Wielands von dem Geiste Sternes durchdrungen wären. Wohl aber war der Eindruck der Lektüre des „Tristram Shandy" und der „Empfindsamen Reise" auf Wieland in der That so gewaltig

---

[1]) Vgl. Tristram Shandy, Kap. 2.

[2]) In dieser Dichtung kam der stilistische Einfluss Sternes weitaus am meisten zur Geltung und ist deshalb von mir bis ins Einzelne verfolgt worden. Um nicht bei gleich gründlicher Behandlung der übrigen in Frage kommenden Dichtungen Wielands ermüdende Wiederholungen zu bringen, werde ich bezüglich stilistischer Nachahmungen mich im Folgenden auf kurze Andeutungen beschränken.

und nachhaltig, dass er für einige Zeit seine ganze Gedankenwelt bis zu einem gewissen Grade beherrschte. Dies zeigt zunächst der

Sokrates mainomenos
oder die Dialogen des Diogenes von Sinope.

Ueber die Entstehung dieses launigen und geistvollen Werkes berichtet Wieland selbst unmittelbar nach der Niederschrift an Gleim:[1] „Vergangnen August, den ganzen Monat hindurch hatte mich eine philosophische Laune angewandelt, welche mit der Yorickschen etwas Aehnliches hat, ohne Nachahmung zu sein. Da schrieb ich einen Σωκράτης μαινόμενος oder Dialogen des Diogenes aus einer alten Handschrift." Diese in wenigen Wochen entstandene Schrift halte Riedel für das Beste, was Wieland bis zu dieser Zeit geschrieben habe, und Wieland selbst möchte es beinahe glauben, wiewohl er bald nachher in einem anderen Briefe[2] sie eine Bagatelle nennt, auf die er wenig Zeit verwandt habe.

Entsprechend Wielands eigenem Geständnis zeigt allerdings der „Diogenes" mit den Werken Sternes viel Verwandtschaft. Zunächst hat er mit ihnen das gemeinsam, dass auch er seiner äusseren Form nach sich schwer irgend einer der üblichen Dichtungsgattungen unterordnen lässt. Der ganze Aufbau dieses Werkes zeigt die Manier Sternes. Es ist nach Wielands eigenen Worten[3] „meistens aus zufälligen Träumereien, Selbstgesprächen, Anekdoten, dialogisierten Erzählungen und Aufsätzen, worin Diogenes bloss aus Manier oder Laune abwesende oder eingebildete Personen apostrophiert, zusammengesetzt". Die lose aneinander gereihten, meist sentimentalen Erzählungen erinnern wie die häufigen Selbstgespräche an die „Empfindsame Reise". Die philosophischen Betrachtungen und Einfälle versetzen uns mehr in die Welt des „Tristram Shandy". Der Stil vereinigt, wie bei Richardson, die Form des Dialogs mit der des Briefes. Indessen ersetzt Wieland die breit moralisierende Art Richard-

---

[1] Ausgew. Briefe, II, 329 (Brief vom 2. Oktoker 1769).
[2] Brief vom 8. Januar 1770 (bei Hassencamp S. 186). Vgl. auch den Brief an Jacobi vom 22. Februar 1770 (Ausgew. Briefe, II, 353 f.)
[3] Hempelsche Ausgabe, Bd. XXIV, S. 14.

sons durch den geistreichen, pikant plaudernden Ton Sternes. Das Ganze zeigt aber im Aufbau nicht die masslose Willkür der Sternischen Romane. Zwar haben wir auch im „Diogenes" willkürlich und äusserlich aneinander gereihte Abenteuer, aber Wieland bringt doch die einzelnen Charakterzüge seines Helden in guter Anordnung vor, zeigt dann sein praktisches Handeln und gibt erst zum Schluss sein System.

In stilistischen Einzelheiten findet sich auch in dieser Schrift Wielands überall Nachahmung Sternes; einige Proben mögen genügen. Wie in den „Beiträgen zur geheimen Geschichte", deren stilistische Abhängigkeit von Sterne oben genauer behandelt wurde, finden wir auch hier in der Einleitung eine Betrachtung über den Zweck seines Schreibens (Diog. S. 37). Wir finden Bemerkungen über den Wert einzelner Kapitel (S. 135) und wiederholte Aufforderungen, solche noch einmal zu lesen (S. 74, 135), willkürliches Abbrechen des Kapitels durch lakonische Antwort auf fragende Einwürfe des Lesers (S. 59, 274), angebliche Lücken im Manuskript (S. 297), Verweise auf andere Autoren, Citate in Anmerkungen (S. 25), häufende Aufzählungen (Paraphrasen) u. dergl. m.

Der „Nachlass des Diogenes"[1]) ist eine Ehrenrettung in Lessingscher Weise; jedoch nicht wissenschaftlich wie Lessing, sondern künstlerisch-poetisch versucht Wieland dieselbe. Er weist nach, dass Diogenes vor allem streng konsequent, nach einem inneren Prinzip handelt. Gleichwohl ist er ein Sonderling wie die meisten Helden Sternes. Wenn er auch kein so ausgesprochenes Steckenpferd hat wie Tristrams Vater mit seinen Disputationen oder der Oheim Toby mit seinen Fortifikationen, so ist er doch ein Humorist in Sternes Sinne. Er verschliesst ohne einen vernünftigen Grund sein Inneres der Mitwelt wie der Pfarrer Yorick im „Tristram Shandy", der lieber jeden Spott erträgt, jeden hässlichen Verdacht auf sich sitzen lässt, als dass er seine Herzensgüte zugibt, die ihm nicht erlaubt, sein Pferd zu versagen, wenn man in dringender Stunde die entfernt wohnende Hebamme holen will.[2])

---

[1]) Ueber den veränderten Titel vgl. den Zusatz der Ausgabe von 1795 (bei Hempel XXIV, 13—14).

[2]) Tristram Shandy, Kap. X.

Wie Sterne weniger auf die Handlungen und Abenteuer seiner Helden, als vielmehr auf ihre Meinungen und Reflexionen über das Erlebte Gewicht legt, so zeigt uns auch Wieland seinen Diogenes mit Vorliebe in langen Betrachtungen und Selbstgesprächen, so z. B. nach der Gerichtsverhandlung, in der Lamon durch ihn gerettet worden ist. Wielands Diogenes ist nicht mehr Philosoph, sondern Aufklärer; nur der Humor erhebt ihn über die Alltagsaufklärer. Das erotische Element, das offenbar hier wenig am Platze ist, dürfte Sternes Einflusse zuzuschreiben sein; wenigstens ist wohl Wielands Neigung zu erotischer Darstellung durch die Lektüre Sternes wesentlich unterstützt worden; denn gerade in seinen Romanen fand Wieland das erotische Element überall in ähnlicher Weise verwendet. Aber auch für das platonische, sentimentale Moment der Liebe dürfte Sterne die Anregung gegeben haben. Fasst wie ein Erguss Sternes mutet uns die Stelle im 20. Kapitel des „Diogenes" an: „Es ist ein schwaches Ding, liebe Leute, um unser Herz. Und doch, so schwach es ist, und so leicht es uns irregehen macht, ist es die Quelle unsrer besten Freuden, unsrer besten Triebe, unsrer besten Handlungen. Unmöglich kann ich anders, ich muss den Mann, der das nicht verstehen kann, oder nicht verstehen will, — bedauren, oder verachten."

Auch in Einzelheiten der Darstellung zeigt sich eine Anlehnung an Sterne, besonders in den empfindsamen und schlüpfrigen Scenen. Bei den sentimentalen Stellen liegt die Verwandtschaft weniger in greifbaren stilistischen Eigentümlichkeiten als im ganzen Ton der Erzählung, in jenem feinen, undefinierbaren Hauche, der über die Darstellung gebreitet ist, den wir nicht mit dem Verstande ergründen können, der sich aber trotzdem unserem Gefühl in seiner ganzen Eigenart überzeugend aufdrängt. Wer würde durch die Scene, wo Diogenes am Grabe seiner Glycerion trauert, nicht erinnert an den Besuch Yoricks am Grabe des Mönchs von Calais, wer bei den Klagen des Vaters um die von Seeräubern geraubte einzige Tochter nicht an die Worte der Mutter der „armen Maria", die um die wahnsinnige Tochter jammert! Greifbarer wird die Anlehnung an Sterne in den lüsternen

Scenen. Hier wäre die Stelle, wo Diogenes mit der jungen Laidion allein in seiner Zelle sitzt und bei dem zufälligen Auseinandergehen ihres Mantels völlig den Kopf verliert, in Parallele zu setzen mit der Scene in der „Empfindsamen Reise", in der das hübsche Kammermädchen Yorick in seinem Schlafzimmer aufsucht und ihn nach anderen Vertraulichkeiten nötigt, ihr die aufgegangene Schuhschnalle wieder zu befestigen. In beiden Fällen bleibt trotz der grossen Versuchung der Held angeblich standhaft, d. h. Wieland und Sterne behaupten es, erzählen aber beide ihr Geschichtchen so, dass wir berechtigt sind, zwischen den Zeilen das Gegenteil zu lesen. Yorick rettet eine entkleidete Dame aus Feuersgefahr, Diogenes aus den Fluten des Wassers, beide um als Lohn für ihre edle That die Verleumdungen der Mitwelt auf sich zu laden. Hier wie dort versäumt der Autor nicht, die Scheinheiligkeit der Verleumder aufzudecken, um seinem Helden Gelegenheit zu geben, gegen die Prüderie loszuziehen. Beide Autoren bringen ein lehrreiches Kapitel[1]) über die Eitelkeit der Reichen und Grossen, der man nur zu schmeicheln brauche, um das angenehmste Leben zu haben. Endlich haben die Helden beider Romane einen Freund, den sie von Zeit zu Zeit apostrophieren, Yorick den Eugenius, Diogenes den Xeniades.

So liessen sich noch zahlreiche Einzelheiten zum Beweise des starken Einflusses anführen, den Sterne gerade auf diesen Roman ausgeübt hat. Wir können in der That trotz des Dichters gegenteiliger Versicherung hier direkt von einer Nachahmung Wielands sprechen; das freilich wollen wir ihm gern zugestehen, dass er seinem Vorbild nicht in so sklavischer Weise gefolgt ist wie so viele seiner Zeitgenossen in Deutschland.

Auch in der diesem Romane beigefügten „Republik des Diogenes", die sich als Parodie aller Glückseligkeitssysteme schon teilweise in anderen Geleisen bewegt, finden sich vereinzelte Anklänge an Sterne. Ein Beispiel möge genügen! Wieland wie Sterne huldigen einer sinnenfrohen hellenistischen

---

[1]) Diogenes, Kap. 5; Empfindsame Reise, S. 135—139.

Weltanschauung. Die Weltfreude ist ihnen die Grundstimmung des Lebens, der Tanz ihr spontaner Ausdruck. So soll in der Republik des Diogenes die Jugend den Tanz ohne anderen Lehrmeister allein von jener Weltfreude lernen. Und Sterne lässt sogar seine ländliche Jugend im Weinberge das Abendgebet in Gestalt eines fröhlichen Reigentanzes verrichten. Denn die Freude am Leben ist nach seiner Ansicht die rechte Dankbarkeit gegen den Schöpfer und ein echter Gottesdienst. —

Obwohl die kleine Dichtung „Die Grazien" der Zeit ihrer Entstehung nach hieher gehört,[1]) macht sich in ihr keinerlei Einfluss Sternes geltend. Dies erklärt sich wohl am einfachsten aus dem Umstande, dass dieses Gedicht einer Sphäre angehört, die mit der Sternischen Laune nichts gemein hat. Indessen zeigt uns doch eine Stelle, dass Sternes Genius in Wielands Phantasie zu dieser Zeit noch ununterbrochen thätig ist. Dort wird uns erzählt, dass ebenso wie Sokrates, Horaz und Cervantes auch Sterne die Ironie von dem Sohne eines artigen Fauns und der Grazie Thalia gelernt habe.

Der neue Amadis

ist, obwohl er erst 1771 im Druck erschien, bereits seit Ende 1768 in Bearbeitung und geraume Zeit vorher schon geplant. Bei der Ausführung dieser Dichtung war nach Wielands eigenem Geständnis die Erinnerung an Sternes Schriften in massgebender Weise thätig. Ein Brief Wielands an Riedel vom 15. Dezember 1768[2]) enthält besonders wichtige Mitteilungen über die Entstehung des „Neuen Amadis": „Was denken Sie zu diesem Einfall, mein Freund? ... Yorick und die Fairy Queen,[3]) zween Werke, die wahrhaftig nicht viel

---

[1]) Erschienen 1770 zu Leipzig bei Weidmann und Reich.

[2]) In Ludwig Wielands Briefsammlung Bd. I, S. 231—234; vgl. auch Brief an Sophie von La Roche, ebendort S. 135.

[3]) In der „Fairy Queen" fand Wieland, obwohl diese Dichtung in einem viel ernsteren, vornehmeren Tone gehalten ist und mit dem Gedicht Wielands sonst nichts Verwandtes zeigt, ausser Zauberern und Feen, Satyrn und Faunen, die ja auch in unzähligen anderen Dichtungen der Zeit eine Rolle spielten, vor allem ein Vorbild für das Arrangement seiner Dichtung; denn auch in der „Fairy Queen" begleitet

Aehnliches mit einander haben, haben dennoch, weil sie in meinem Kopf auf einander treffen, einen seltsamen Einfall, den ich schon über ein Jahr lang schlafen gelegt hatte, wieder aufgeweckt und völlig ausgebrütet, wovon Sie zu seiner Zeit das Mehrere vernehmen sollen. Bis dahin mögen Sie sich begnügen, zu wissen, dass dieser Gedanke der Plan eines Gedichtes ist, und dass dieses Gedicht der neue Amadis oder die sechs Töchter des Königs Bambo heissen wird, und wenn Sie sich von diesem blossen Titel things unattempted in prose or rime versprechen, Dinge, welche die Betrübtesten fröhlich und die Weisesten lachen zu machen fähig sein sollen ..., so werden Sie sich, wie ich zu Gott hoffe, nicht betrogen finden."

Der von Wieland angeführte Einfluss Sternes zeigt sich namentlich in dem Stile des Werkes und in dem ironischen Tone, in dem es durchaus gehalten ist. Die Komposition ist wiederum ganz Sternisch. Eine Menge von Abenteuern wird uns vorgeführt, die nur durch die Idee des Stückes und seinen Helden zusammengehalten werden. Dieser Held ist der ideal veranlagte junge Königssohn Amadis, der mit dem älteren Amadis nichts als den Namen gemeinsam hat. Der Dichter bringt ihn nacheinander mit allen sechs Töchtern des Königs Bambo zusammen, um ihn schliesslich in der letzten, der unscheinbaren Olinde, das Ideal finden zu lassen, nach dem er ausgezogen ist. Nicht nur in der willkürlichen Reihenfolge seiner Abenteuer, sondern namentlich in den Uebergängen von einem zum anderen, in dem beständigen Zerreissen des Fadens der Erzählung zeigt sich die Manier Sternes. Mit der grössten Willkür bricht Wieland die Scenen ab, gerade wie

---

den Helden bei seinen vielen Abenteuern stets eine Dame. Bei beiden Dichtern sind die auftretenden Personen Träger bestimmter einzelner Charaktereigenschaften; freilich personificiert Spenser die Aristotelischen Tugenden, Wieland dagegen zeigt an seinen Personen die sämtlichen Schattierungen der Liebe. — Ausser Sterne und Spenser hat auch noch Hamilton, obwohl der Verfasser hierüber geschwiegen hat, einen grossen Einfluss auf diese Dichtung Wielands gehabt; vgl. K. Otto Mayer, Die Feenmärchen bei Wieland (Vierteljahrschr. f. Litt.-Gesch. B. V, S. 374—408, 497—533).

Sterne¹) besonders gern in kritischen Momenten (z. B. II, 170) und unanständigen Situationen (z. B. I, 264). Ebenso wie der Engländer liebt er weitausholende Einleitungen (z. B. II, 33—38), bringt, wie er, unzählige Einschiebsel (z. B. II, 90—94), die er jedoch geschickter in den Gang seiner Handlung einzufügen weiss, so dass sie weniger ermüden. Für seine häufigen Anmerkungen beruft er sich allerdings (Vorwort, S. 14) auf Hagedorns Beispiel; indessen legt die Länge vieler solcher Anmerkungen (z. B. I, 80—82; II, 6—8, 31 u. s. w.), die der eigentlichen Erzählung oft nur zwei Zeilen auf der Seite Raum lassen, sowie die besondere Vorliebe, mit der Wieland sie bringt, ja oft genug an den Haaren herbeizieht, die Nachahmung des englischen Humoristen²) näher. Obwohl er im Vorwort (S. 14) ausdrücklich sagt, dass diese Anmerkungen nicht für Gelehrte, sondern für simple Leser und Leserinnen bestimmt seien, „denen erlaubt ist, ohne Beschämung sehr vieles nicht zu wissen", bringt er wie Sterne in diesen Anmerkungen Citate in den verschiedensten fremden Sprachen,³) meistens ohne eine Uebersetzung hinzuzufügen. Wie der englische Humorist, liebt er es, mit seinen Lesern über seine Schreibweise zu plaudern,⁴) ja er geht in einem kritischen Falle einmal die schönen Leserinnen um Rat an (II, 168—169) und bittet sie wiederholt um Entschuldigung, dass er so unhöflich schreibe, aber ein Poet müsse vor allem wahr schreiben (z. B. I, 235—236). Ueberhaupt müssen die „schönen Leserinnen" es sich öfters gefallen lassen, dass Wieland die Tugend ihres Geschlechtes, die sie nur dem kalten Blut und sonstigen Zufälligkeiten zu danken hätten,⁵) verspottet ebenso wie ihre Neigung, anderen Frauen Mangel an Tugend und

---

¹) Vgl. Empfindsame Reise, S. 154.
²) Ein solches Vorbild zeigt z. B. Tristram Shandy, S. 44—45.
³) Französisches Citat z. B. I, 37, 42, 80, 81, 83 u. s. w.;
   lateinisches „ z. B. I, 58, 81; II, 52—53, 108 u. s. w.;
   griechisches „ z. B. I. 80;
   italienisches „ z. B. I, 58;
   englisches „ z. B. I, 142—143, 232 u. s. w.
Vgl. Tristram Shandy, S. 44—45, 130—134, 184—190 u. s. w.
⁴) Z. B. I, 74; II, 33, 52—53, 109, 183—184 u. s. w.
⁵) Vgl. Tristram Shandy, S. 13.

Anstand vorzuwerfen (z. B. I, 108; II, 134—137). Wie in den „Beiträgen zur geheimen Geschichte" müssen die Kritiker Einwände machen, die er dann ironisch widerlegt (z. B. II, 154, 174—175). Alle diese beständigen Unterbrechungen der Handlung durch subjektive Bemerkungen des Autors,[1]) seine psychologischen Betrachtungen und Selbstgespräche[2]) erinnern an Sternes Schreibweise. Wie dieser, wirft auch Wieland beständig mit gelehrten Namen um sich, oft wohl nur um eine Anmerkung anbringen zu können.[3]) Abgesehen von den Citaten aus Sterne selbst, decken sich die angeführten Namen und Schriftsteller im allgemeinen mit denen, die auch Sterne in seine Darstellung einzuflechten liebt; namentlich ist es Cervantes, den beide gern zum Ausputz ihres Werkes ausschreiben. Auch zeigt sich in dieser Dichtung Wielands wieder die schon besprochene Vorliebe für Häufungen wie bei Sterne, hier besonders von Namen und von Worten mit gleicher Endung.

Deutet so der Stil des „Neuen Amadis" in jeder Beziehung auf das Vorbild hin, so zeigt sich in der Charakterisierung der Personen nicht der geringste Einfluss des englischen Humoristen. Soweit Wieland sie nicht frei erfand, hat er sie eben im Anschluss an seine französischen Vorbilder gezeichnet.[4])

Wohl aber hat Wieland in dieser Dichtung manches Stoffliche aus Sterne übernommen. Man muss hier unterscheiden zwischen solchen Episoden, die er mit oder ohne Quellenangabe direkt Sterne entlehnt und in wenig veränderter Form seinem Gedichte einverleibt, und zwischen solchen, für die er nur das Motiv aus Sternes Romanen entnimmt, um es in selbständiger Verarbeitung mit seiner Dichtung zu verweben. In die erste Klasse gehört das Geschichtchen von Amandus und Amanda, das Wieland mit Quellenangabe in sein Werk einlegt, nachdem er die knappe Erzählung Sternes nur in einigen unbedeutenden Punkten ausschmückend erweitert hat (Amad. II, 112—114; Tr. Sh. Kap. 232, S. 403—404). Eine andere Erzählung (II, 34—37), in der Wieland die Unbeholfen-

---

[1]) I, 115; II 52—53 u. s. w.
[2]) I, 193—196; II, 43, 107 u. s. w.
[3]) I, 79—82; II, 6—8 u. s. w.
[4]) Vgl. K. Otto Mayer a. a. O.

heit und Weitschweifigkeit gewisser Autoren, die wollüstige Grausamkeit, mit der sie ihre Helden zu Tode hetzen, verspottet, erinnert in mehreren Punkten, namentlich in der gewaltsamen Trennung und dem vergeblichen Suchen der Liebenden, an diese Geschichte von Amandus und Amanda, ist aber zweifellos einem der vielen Abenteurerromane jener Zeit entnommen.[1])

Dagegen hat Wieland für die Geschichte vom König im Feenland mit seinen sieben Schlössern (I, 64—70) der Erzählung Trims vom König von Böhmen (Tr. Sh. 435—442) nur das Motiv entnommen, den Leser durch ein Geschichtchen zu narren, das einer ungebildeten Person in den Mund gelegt, nach mehrfachen Unterbrechungen immer von neuem wieder begonnen wird, um infolge der Unbeholfenheit des Erzählers schliesslich doch in der Mitte abgebrochen zu werden. Die beiden Erzählungen selbst haben nichts mit einander gemein.

Namentlich zeigt sich aber wieder in den schlüpfrigen Scenen Wielands Abhängigkeit von Sterne. Ganz abgesehen davon, dass der deutsche Dichter sich zu ihrer Ausmalung derselben Mittel bedient wie der Engländer, dass er z. B. wie jener wiederholt vor dem Schielen nach Blössen warnt (z. B. I, 151), den Rat erteilt, in solchen Fällen die Augen zu schliessen (z. B. I, 92), und dann doch im Widerspruch zu diesen Ermahnungen derartige Scenen mit unangenehmer Lüsternheit bis ins Kleinste genau darstellt — ganz abgesehen von dieser mehr stilistischen Verwandtschaft, übernimmt Wieland auch viele Scenen und Motive von Sterne, die das sexuelle Gebiet streifen.

Beide Dichter zeigen uns in ihren Werken eine Dame, die ihr Bedürfnis verrichtet. Wie bei Sterne der Korporal Trim bei einem zufälligen Hinfallen auf die Dienerin der Witwe Wadmann zu liegen kommt, so lässt Wieland den

---

[1]) Leider ist es mir nicht gelungen, eine bestimmte Quelle hierfür zu finden. Indessen glaube ich in Longfellows „Evangeline" einige Anklänge an dies Citat Wielands gefunden zu haben: grausame Trennung der Liebenden und Vereinigung erst im Augenblicke des Todes. Bei Wieland (S. 37) wird „Orontario" genannt, bei Longfellow ist der Ontario mit seinen Ufern vorwiegend der Schauplatz der Handlung.

Amadis auf die „keusche" Schattuliöse fallen. Wie Yorick, ohne es zu wollen, an der Kammerjungfer ihre . . . (Sent. J., S. 154) fasst, und Mrs. Shandy den Dr. Shlop (Tr. Sh. S. 75) nicht an ihre . . . kommen lassen will, so greift Schattuliöse in der lüsternen Scene mit dem nackten Amadis wirklich „sie sagte nie worauf": Stellen, die sich zur Hebung ihres Eindruckes alle des wirksamen stilistischen Mittels der Aposiopese bedienen.

Gelegentlich scheint Wieland den lüsternen Engländer sogar noch überbieten zu wollen, namentlich in der Charakteristik der auftretenden Damen.

Vergleichen wir z. B. die Scene, wo das arglose Naturkind Nannette ihren Tänzer Yorick durch den zufällig offenstehenden Schlitz ihres Rockes, ohne es zu ahnen, in sinnliche Erregung versetzt,[1]) mit denjenigen Scenen im „Neuen Amadis", wo Collifichette und Blafardine dem Amadis (I, 151, 189—192) oder Schattuliöse dem Caramell (I, 33) ihre Reize absichtlich zeigen, um ihren Ritter ins Garn zu locken. Es ist offenbar, dass Wieland hier sein Original übertrieben und arg vergröbert hat. Was dort absichtslos geschah, ist hier zu einem Werk der Berechnung gemacht; was sich in dem Milieu eines unbefangenen naturgemässen Landlebens zutrug, ist in die sensitive Atmosphäre eines fürstlichen Hofes versetzt; und selbst wenn man in der ähnlichen Hotelscene der „Empfindsamen Reise" bei dem Kammermädchen Yoricks ebenfalls Absicht annehmen wollte, so würde der zweite Vorwurf für Wieland doch immer noch in seiner ganzen Bedeutung bestehen bleiben.

Ausser in solchen umfangreicheren Scenen zeigt sich Sternes Einfluss noch in manchen entlehnten Einzelheiten. Personen seines „Tristram Shandy", Yorick, Oncle Toby, Smelfungus, Phutatorius, Trismegistus werden als feste Typen bestimmter Charaktere angeführt, das Sternische Steckenpferd, das Glasfenster in der Brust des Momus erwähnt, in den Faununculi nach Wielands eigenen Worten (I, 221) auf Sternes Homunculus angespielt.

---

[1]) Tristram Shandy, S. 417 f.

Der goldene Spiegel
oder die Könige von Scheschian

ist ein politischer Roman und spielt, wie Wielands übrige Romane dieser Art, im Orient. Trotzdem steht er nach den überzeugenden Ausführungen Seufferts[1]) den philosophischen Werken des Dichters, den „Dialogen des Diogenes" und den „Beiträgen zur geheimen Geschichte", weit näher. Mit ihnen hat er die Polemik gegen Rousseau gemein, wiewohl hier der Kampf gegen den Genfer Popularphilosophen versteckter geführt wird als bisher; ferner schliesst er sich gewissermassen als Fortsetzung an die „Beiträge zur geheimen Geschichte" an, so zwar, dass Wieland jetzt von der blossen Kritik zu positiver Lehre fortschreitet.

So kann es denn nicht Wunder nehmen, wenn auch dieser Roman, wie jene beiden anderen erwähnten, sich im Stil und in der Art der Charakteristik an das Vorbild Sternes anlehnt, während er in Einkleidung und Kostüm mehr von den Werken des jüngeren Crébillon abhängig ist.[2])

Die stilistischen Einflüsse Sternes sind im allgemeinen derselben Art, wie sie schon bei den früheren Werken geschildert sind. Der ganze Roman ist in Sterneschen Humor getaucht. Wieland will seine Lehre wirksamer machen, indem er seinem Buche „etwas Anziehendes und Ergötzendes gibt, welches er ihm unter einer ernsthaften Gestalt nicht hätte geben können" (Vorwort zu Teil III, S. XXIV). Eine wissenschaftliche Theorie ist „nur den Gelehrten von Profession und auch unter diesen nur dem kleinsten Teile verständlich, die übrigen finden eine solche Abhandlung trocken und unangenehm" (Tl. III, S. VI). So wählt Wieland den humoristischen Ton, der scheinbar zu dem ernsten Inhalt des Buches, den kritischen Untersuchungen des Geschichtsforschers, in Widerspruch steht, um durch launige Unterhaltung leichter belehren zu können. Entsprechend dieser Absicht, auf die sich auch Sterne wiederholt beruft, bedient auch Wieland sich all der Freiheiten, die die bequeme Erzählungsart des englischen Humoristen ihm

---

[1]) Vierteljahrschr. f. Litt.-Gesch. 1888 (bei Goedeke steht fälschlich 1881), S. 351—360, 408—430.
[2]) K. Otto Mayer a. a. O.

an die Hand gab. Der Dialog wechselt mit freier Erzählung. Unzähligemale redet Wieland mitten im scheschianischen Texte als Autor zum Leser, kritisiert seine Personen und deren soeben ausgesprochene Ansichten und bringt mit Vorliebe, wie Sterne, lange Auseinandersetzungen über seine Schreibweise, wobei er, wie der Engländer,[1]) sein Vorwort mitten in die Geschichte (II, 120—126), ein anderes vor dem dritten Teile einfügt. Wiederholt unterbricht er seine Erzählung durch längere oder kürzere abschweifende Episoden, wie die von Kador (III, 25 ff.), und schiebt, wie Sterne, lange Geschichten ein, wie diejenige des Emirs bei dem glücklichen Völkchen des Psammis (I, 111 bis 203), die mit den Königen von Scheschian gar nichts zu thun hat. So sind die Unterbrechungen der fortlaufenden Erzählung hier eben so häufig wie in den früher besprochenen Werken und erhalten nur insofern ein anderes Gepräge, als dies durch die dialogische Form der Rahmenerzählung bedingt ist. Zu den Unterhaltungen des Autors mit dem Leser treten auf diese Weise noch die des Schah mit dem erzählenden Philosophen; indessen dienen auch die kurzen, stets humoristisch gehaltenen Einwürfe des Schah Gebal nur dazu, die trotz alledem langatmige und zuweilen ermüdende Erzählung für einen Augenblick der Erholung zu unterbrechen. Zeigt der Dichter schon in allem diesen seine virtuose Handhabung der verschiedensten Mittel des humoristischen Stils, so findet er auch manche neue Wendung, den Faden der Erzählung zu zerreissen. Einmal (IV, 191) nimmt er eine Lücke im Text an, ein andermal bringt er eine solche, obwohl sie in seiner angeblichen Vorlage nicht vorhanden ist (II, 120—126). Dann wieder bringt der Schah durch ein Machtwort oder durch sein ungewolltes Einschlafen den Erzähler zum Schweigen. In den meisten Fällen denkt Wieland nicht daran, irgendwo Fortsetzung oder Schluss zu bringen. So endet er auch seinen Roman, ohne den Bericht von den Königen von Scheschian zum Schluss geführt zu haben,[2]) er endet — genau wie Sterne —,

[1]) Tristram Shandy, S. 145 f.
[2]) Erst in der Ausgabe letzter Hand fügt Wieland ein Schlusskapitel zu, das den Untergang des Reiches Tifans nach den Erfahrungen der französischen Revolution erzählt; vgl. B. Seuffert a. a. O. S. 351 bis 360.

wiewohl er noch vielerlei ausdrücklich zur Besprechung angekündigt hat.

Die zahlreichen Anmerkungen zeigen in ihrem Inhalt und der Art ihrer Verwendung ebenso deutlich den Einfluss Sternes, wie wir auch gewiss die eingeflochtenen Frivolitäten auf diesen Schriftsteller zurückführen dürfen, zumal sie zu dem Inhalt dieses Werkes herzlich wenig passen.[1]) Die eigentliche Zeit der Frivolität Wielands liegt jetzt weit hinter ihm; und doch ist die Lust, mit „Sinnenscenen" zu spielen, oder kurz ein gewisses Vergnügen an Zweideutigkeiten noch nicht ganz erstorben. Allerdings kannte Wieland sein Publikum, und hier galt es besonders die Hofkreise zu fesseln, die infolge ihrer französischen Bildung und ihrer gewohnten Lektüre nach frivoler Kost verlangten. Aber sicher sind die Zweideutigkeiten bei Wieland hier nicht bloss aus dieser Berechnung eingeflochten; wir dürfen ihm glauben, wenn er sie in der Einleitung (Tl. III, S. XVIII) „Spiele seiner philosophischen Muse" nennt. Aber spielte nicht auch Sterne überall in seinen Romanen mit solchen „Sinnenscenen"?

Von einer Handlung kann in diesem Romane nur bei den Berichten über die Könige von Scheschian die Rede sein. Bei den Personen des Rahmens begnügt sich der Dichter damit, sie dem Leser in ihren Reflexionen über das Erzählte vorzuführen, um durch ihre verschiedenartige Betrachtungsweise der gleichen Vorfälle uns in echt Sternischer Weise die Abstufungen ihrer Charaktere vor Augen zu führen. So gibt uns namentlich der Schah durch seine Zwischenfragen und Randbemerkungen unbewusst eine vortreffliche Selbstcharakteristik.[2]) Sobald der Philosoph in Wärme gerät und die grössten und edelsten Wahrheiten mit Ueberzeugung vorträgt,

---

[1]) Vgl. hierzu Isaak Iselins Kritik (Allgem. dtsch. Bibliothek 1773, Bd. XVIII, S. 329—63), die mir indessen teilweise übertrieben erscheint.

[2]) Interessant ist wegen des direkten Hinweises auf Sterne die I, 27 gegebene Charakteristik Schah Gebals: „Nach Grundsätzen zu denken oder nach einem Plane zu handeln, war in seinen Augen Pedanterey und Mangel an Genie. Seine gewöhnliche Weise war, ein Geschäfte anzufangen und dann die Massregel von seiner Laune oder vom Zufall zu nehmen. So pflegten die witzigen Schriftsteller seiner Zeit ihre Bücher zu machen."

schläft Schah Gebal regelmässig ein, ungefähr so wie auch der alte Shandy und Onkel Toby in dem wichtigsten Momente des Sternischen Romanes am hellen Tage einschlafen, da nämlich, als unter grossem Lärm zu ihren Häupten der Titelheld zur Welt kommt.¹) Wie alle edleren Entschlüsse des Schah durch dessen Vergesslichkeit oder Laune vereitelt werden,²) so schwebt auch über des alten Shandy Beschlüssen das Verhängnis, dass infolge von Missverständnissen und anderen unglücklichen Zufällen immer das Gegenteil von ihnen geschieht.

Manche Parallelen zu Sterne ergeben sich auch bei der Charakterschilderung einzelner Könige von Scheschian, deren absonderliche Liebhabereien, wie das Abrichten von Distelfinken, das Schnitzen von Mäusen aus Apfelkernen, das Backen von Kuchen und Pasteten, an das Steckenpferd Onkel Tobys erinnnern. So hat auch die ehrliche Verlegenheit des weisen Danischmend (I, 62) bei unerwarteten thörichten Zwischenfragen und die ihr gegenübergestellte Zungenfertigkeit des verschlagenen Kanzlers einige Vorbilder bei Sterne.

Wie in der „Empfindsamen Reise" (S. 94—95) der gefangene Star von Hand zu Hand weitergegeben wird, bald aus Gefälligkeit, bald aus Bequemlichkeit, so wandert in Scheschian die „mühsame Bürde" der Regierung von einem zum andern (II, 14—15).

Das glückliche Naturvölkchen des Psammis, dessen Vorbild bereits von anderer Seite in „Ah quel Conte" nachgewiesen ist,³) besitzt dieselben patriarchalischen Zustände, wie sie Yorick bei dem Landvolk in den Weingärten am Berge Taurira angetroffen (Sent. Journey, S. 145 ff.).

Die wichtigste Parallele des „Goldenen Spiegels" mit den Werken Sternes ist indessen folgende. Wie der englische Schriftsteller sich in Yorick porträtiert, so stellt sich Wieland in der Person des Kador selbst dar.⁴) Obgleich ja beide

---

¹) Tristram Shandy, S. 145.
²) Z. B. IV, 92—93.
³) Dtsch. Litt. Denkm. VII und VIII, 565 und 649 ff.
⁴) Vgl. Frankf. Gelehrte Anzeigen 1772 und B. Seuffert a. a. O. 408—430.

Autoren, wie wir oben sahen, sich nicht scheuen, ihre Erzählungen zu unterbrechen, um ihre eigenen Meinungen zum besten zu geben, so erreichen sie doch auf diese Weise, dass sie ihre eigene Gesinnung in besserem Zusammenhange und darum wirksamer vorbringen können. Aber die Parallele geht noch weiter. Die Lebensanschauungen Kador-Wielands sind in vielen wichtigen Punkten dieselben wie die Yorick-Sternes. Wenn wir z. B. im „Goldenen Spiegel" (III, 25) von einem Schriftsteller (Kador) hören, „der sich von dem grossen Haufen der moralischen Schreiber seiner Zeit durch eine Art von Antipathie gegen alles Aufgedunsene und Gezierte in Empfindungen, Begriffen und Sitten und überhaupt durch eine merkliche Entfernung von der Kunstsprache sowohl als von den Maximen des grossen Haufens unterschieden hatte", so hat Wieland zwar zweifellos zunächst sich selbst im Auge, aber all das Gesagte passt noch besser oder ebenso gut auf Sterne. War es nicht Sterne, bei dem er gerade diese ausgesprochene „Antipathie gegen alles Aufgedunsene" kennen gelernt,[1]) von dem er sie sich angeeignet hatte? Die moralischen Giftmischer, nämlich die „gravitätischen Zwitter von Schwärmerei und Heuchelei" sind auch Sternes grimmigste Feinde, die er so oft mit beissender Satire verspottet, aber wohl nie wirksamer als in der bekannten Kastanienscene (Tr. Sh., Kap. CXIII). Decken sich nicht die schiefen Urteile, die Wieland über sich selbst zu hören bekam, und die Vorwürfe, die er seinem Kador, also sich selbst, durch dessen Gegner machen lässt, mit denjenigen, die nicht nur in England, sondern auch in Deutschland gegen Sterne erhoben wurden? Auch diesem hatte man, „da seine Schriften mit Vergnügen gelesen" wurden, vorgeworfen, dass er dem menschlichen Herzen „auf die unerlaubteste Weise schmeichle". Beiden warfen die Gegner bösen Willen gegen die Tugend vor, obwohl jeder von ihnen in seinem scherzenden Tone der Welt sehr ernste Wahrheiten sagte, und obgleich beide mit launiger Freimütigkeit jeglicher Heuchelei die Maske heruntergerissen. Bei beiden finden wir endlich die Abneigung gegen

---

[1]) Tristram Shandy, S. 19—20 u. a. m.

das orthodoxe Pfaffentum, gegen die Intoleranz der Geistlichen, die zu den Bürgerkriegen und unerhörten Grausamkeiten geführt habe. Wie Sterne diesem Thema das längste Kapitel seines „Tristram Shandy" (S. 90—108) gewidmet hat, so macht es Wieland zum Mittelpunkt der ganzen Handlung in der Fortsetzung seines goldenen Spiegels, in der erst drei Jahre später erschienenen

Geschichte des Philosophen Danischmend,

um uns zu zeigen, wie das Glück eines ganzen Volkes einzig durch pfäffische Niedertracht vernichtet wird. Das Werk, das sich ebenfalls gegen Rousseau richtet, ist wieder in dem Tone Sternes gehalten. Es zeigt die diesem eigentümliche Ironie, jedoch in feinerer und ernsterer Form als der „Goldne Spiegel"; auch die Charaktere sind edler und reiner als dort. Die spärliche Handlung ist wiederum von den Reflexionen der Hauptfiguren überwuchert, die, wie bei Sterne, Männer vorgerückten Alters sind. Wie bei Sterne wechselt auch hier freie Erzählung mit dialogisierten Betrachtungen ab.

In der ersten Hälfte ist der lustige Plauderton Sternes mit all seinen stilistischen Eigentümlichkeiten vorherrschend; später dagegen gewinnen die ernsten philosophischen Betrachtungen immer mehr an Raum und drängen den Einfluss des Engländers so weit zurück, dass dieser sich fast nur noch in gelehrten, oder scheinbar gelehrten Anmerkungen verrät. Offenbare Verwandtschaft mit Sterne zeigt sich in der ganzen philosophischen Methode des Danischmend[1]) und in den sentimentalen Partien. Wieland wirft nicht nur immerfort mit Sternischen Schlagworten, wie „Tochter der Natur" (I, 41) und „Mann von Gefühl" (I, 48) um sich, nennt nicht nur den Danischmend wiederholt „empfindsam" (z. B. I, 35); sondern er weiss auch die von Danischmend und dem Kalender belauschte Familienscene (I, 239—244) mit Sternischem Pinsel und Farben zu einem kleinen Kabinetstück in ihrer Art auszumalen. Die erste Begegnung Danischmendens mit seiner späteren Gattin Perisade (I, 39—40) vollends ist eine

---
[1]) Z. B. Teutscher Merkur 1775, I. 38—39.

unleugbare Nachbildung der verschiedenen Scenen in der „Empfindsamen Reise", in denen Yorick seine Bekanntschaften anknüpft. Die ausführliche Erörterung über die geeignetsten Augenblicke zur Zeugung von Kindern geht auf gleiche Auseinandersetzungen Sternes zurück; hierbei bringt auch Wieland das bei Sterne in solchem Falle unvermeidliche Anzapfen der Leserin. So hat auch die Verspottung der Rechtsgelehrten mit ihrer unmoralischen Kasuistik eine Reihe von Vorbildern im „Tristram Shandy". Wie Sterne von den Namen (Tr. Sh., Kap. XIX u. a.), behauptet Wieland von den Farben (I, 46), dass Glück und Unglück von ihrer Wahl abhänge, und würdigt endlich auch die Nasen (I, 118) einer längeren Diskussion, denen Sterne eine ganze Reihe von Kapiteln (Tr. Sh., Kap. 75—82) gewidmet hatte. In den

Gedanken über eine alte Aufschrift

begegnen wir vielfach Sternischen Gedanken, so in dem hier von Wieland ausgesprochenen Grundsatz seiner menschenfreundlichen Moral, die Menschen zu ertragen, ohne sich über sie zu ärgern. Auch Sterne lächelte wohl über die Thorheiten der Menschen, aber gleich Wieland hielt er es für unbillig, „ihrer Gebrechen zu spotten, oder mit den Fehlern eines andern zu hadern, weil es — nicht die seinigen sind" (S. 59 bis 60). Auch glauben wir den vielverkannten und vielgeschmähten englischen Humoristen zu hören in der Klage Wielands (S. 54): „Wie wenige bringen zur Lesung eines Buches den bestimmten Grad von Kenntnissen, von Vernunft, Witz, Geschmack und Empfindsamkeit mit, den der Verfasser voraussetzt!" Einen etwaigen Einfluss Sternes auf den Stil scheint hier die ernste Behandlung des an sich ernsten Themas ausgeschlossen zu haben. Ueberhaupt wird von nun an der Einfluss des Engländers auf Wieland geringer und beschränkt sich im wesentlichen mehr auf solche Dichtungen, die durch einen humoristischen Inhalt dazu verlocken. So zeigen die sämtlichen in dieser und der folgenden Zeit entstandenen Singspiele und lyrischen Gedichte nichts, was an Sterne erinnerte.

Erst wieder bei der

Geschichte der Abderiten

wird der Dichter durch das Thema auf den Engländer geführt und an seinen genialen Witz erinnert; ja der Gedanke ist nicht ganz von der Hand zu weisen, dass der Stoff dem Dichter durch Sterne erst nahe gebracht ist. Abdera, die Abderiten und Demokrit werden sowohl im „Tristram Shandy" (z. B. S. 373) wie auch in der „Empfindsamen Reise" (z. B. S. 47) wiederholt erwähnt. Mit der Geschichte, die Wieland selbst über die Entstehung der Abderiten erzählt,[1]) liesse sich diese Hypothese sehr gut vereinigen, wenn wir in jener Erzählung nicht sowohl einen Bericht wirklicher Ereignisse als vielmehr ein Spiel dichterischer Phantasie zu sehen haben. Jedenfalls citiert Wieland unmittelbar, bevor er jene Entstehungsgeschichte zum besten gibt, zwei Seiten lang aus Sterne, beziehungsweise aus dem von Sterne seinerseits citierten Slawkenbergius, ein Umstand, der darauf schliessen lässt, dass er bei dem Niederschreiben jener Geschichte Sterne aufgeschlagen neben sich liegen hatte.

Aber wie dem auch sein mag, jedenfalls ist der zuerst entstandene Teil der Abderiten durchaus in Sternischem Geiste geschrieben. In den späteren Teilen, die nachgewiesenermassen unter dem Eindruck seiner Mannheimer Reiseerfahrungen geschrieben sind, mag die ursprüngliche Anregung, zumal nach einem Zwischenraum von vier Jahren, ihre Wirkung verloren haben. Uns interessieren hier also nur die ersten Teile dieses Werkes, und nur von diesen gelten die folgenden Bemerkungen.

Wielands Humor ist hier feiner und künstlerischer als in allen bisherigen Schriften: seine Begabung hat in dieser Hinsicht hier ihre höchste Vollendung erreicht. Nicht Einheit der Person weist dieser Roman auf, auch keine Einheit der Handlung oder des Interesses, sondern nur — wie der „Tristram Shandy" — Einheit der Satire. Seine Polemik richtet sich, wie Sternes Spott, gegen alle Arten von Schwärmerei und Aberglauben, und wie gegen Sterne, erhebt sich gegen

---

[1]) Teutscher Merkur 1774, III, 37 f.

Wieland ein Sturm des Unwillens von seiten derer, die sich porträtiert glauben. Bei beiden Autoren sind die Helden wieder Männer in vorgerückten Jahren; Wieland zeichnet sich selbst im Demokrit wie Sterne sich im Pfarrer Yorick, und jeder zeigt uns in seiner Geschichte, wie er verkannt und angefeindet wird. Auch das sprunghafte Erscheinen ist beiden Romanen eigentümlich und erklärt sich wohl von selbst aus dem Charakter beider Werke, der eben dem Autor nur dann die Arbeit ermöglichte, wenn Laune und Stimmung des Augenblickes ihn dazu befähigten. Wie aber Sterne sich nötigenfalls wohl durch Lektüre in seiner tollen Bibliothek in Laune brachte, so mag Wieland sich seinerseits manchmal durch Sternes Schriften in die erwünschte ausgelassene Stimmung versetzt haben. Wiederholt redet er von seiner Shandyschen Laune, beklagt aber zugleich, dass sie so selten sei.[1]) Nur so, durch beständige Lektüre in Sternes Werken während der Zeit der Arbeit an den „Abderiten", kann man sich die vielen offenbaren Nachahmungen desselben erklären, die überall in den „Abderiten" zu finden sind.

Dies gegenseitige Verhältnis der beiden Schriftsteller zeigt sich zunächst wieder in stilistischer Hinsicht, wobei Wieland nicht nur das allgemeine Prinzip der Abschweifungen und der die Erzählung unterbrechenden persönlichen Auseinandersetzungen mit dem Leser entlehnt, sondern sich auch in Einzelheiten von seinem Vorbild beeinflussen lässt.

Wenn er den Leser (Teutscher Merkur 1774, I, 38 ff.) auffordert, die „Abderiten" überhaupt nicht zu lesen, falls er etwas Notwendigeres zu thun oder gar Besseres zu lesen habe, bringt er bei dieser Gelegenheit in direkter Nachahmung Sternes und zum Teil wie er mit biblischen Worten eine lange Aufzählung von allen möglichen Abhaltungen, die er dem Leser in den Mund legt; endlich kommt er, wie jener, zu dem Schlusse, ein beschäftigter Leser sei schlimmer als gar keiner. Wie Sterne gewisse Kapitel, so bittet Wieland einmal gar alles Bisherige nochmals zu lesen (Merkur 1778, III,

---

[1]) Teutscher Merkur 1778, III, 256.

30), eine Aufforderung, die bei einer Fortsetzung nach vier Jahren schliesslich nur allzu begreiflich ist. Wenn er eine neue Person auf die Bühne bringt, so bedient er sich der Sternischen Einführungsweise: „Ich gedenke nicht, dass es Sie gereuen wird, den Mann näher kennen zu lernen" (Merkur 1774, I, 56).

Charakteristisch für die nun allmählich eintretende Abnahme des Sternischen Einflusses auf Wieland ist es, dass viele derartige, die Erzählung hemmende Stellen in der späteren Ueberarbeitung gestrichen oder doch wenigstens wesentlich gekürzt sind;[1]) und zwar sind nicht nur Partien in Wegfall gekommen, die ursprünglich die grossen Unterbrechungen in der Publikation dem Leser in launiger Weise vermitteln sollten und nachher bei einer neuen Auflage des vollendeten Werkes überflüssig geworden waren,[2]) sondern auch eine ganze Reihe von Stellen, wo eine solche Rücksicht nicht vorlag, ein offenbares Zeichen dafür, dass Wieland später nicht mehr von der rechten Sternischen Laune erfüllt war und deshalb die allzu häufigen Unterbrechungen störend empfand. Wenn nun Wieland statt dessen Kapitelüberschriften, oft von unglaublicher Länge, beifügt, so widerspricht dies durchaus nicht dem obigen Korrekturprinzip, die Unterbrechungen im laufenden Texte zu vermindern. Ueberdies sind die meisten dieser Ueberschriften nur trockene Inhaltsangaben.

Von diesen Streichungen sind die von Sterne beeinflussten zahlreichen und langausgeführten Anmerkungen, die wieder gern die Gelehrten mit dem Gift ihrer Satire bespritzen, in der neuen Auflage nur ganz vereinzelt betroffen worden.

Auch in diesem Romane finden wir die Häufungen gleichartiger Worte wieder (Merkur 1774, I, 34, 57, 160; II, 150 u. a.) und humoristische Parallelen wie: „Damals war die Weisheit so teuer und noch teurer als — die schöne Lais."[3])

Der aus dem „Tristram Shandy" bekannte Slawkenbergius wird wiederholt citiert, die Geschichte vom „König in Böhmen-

---

[1]) Merkur 1774, I, 40, 56—57 u. a.
[2]) Z. B. Merkur 1780, III, 81—87.
[3]) Vgl. bei Sterne z. B. den drastischen Vergleich Trims (Tr. Sh., S. 443).

land mit seinen sieben Schlössern" (Merkur 1774, I, 39) erwähnt, Homunculus (ebd. I, 47) genannt, wiederholt über Steckenpferdchen (z. B. ebd. I, 107) und Nasen, über welche ja Sterne ganze Kapitel brachte, philosophiert, desgleichen — wie in der „Empfindsamen Reise" (S. 20 f.) — über die Zwecke eine Reise zu machen (ebd. I, 58), über seltsame Zufälle und grosse Wirkungen kleiner Ursachen. So könnte man den Prozess um den Eselsschatten mit seinen staatsgefährlichen Folgen in Parallele setzen zu der im „Tristram Shandy" (aus Slawkenbergius) erzählten Geschichte vom Mann mit der grossen Nase, die einen so grossen Aufruhr in Strassburg hervorrief, dass die Stadt ohne Schwertstreich von den Franzosen weggenommen werden konnte. So behauptet Wieland — gleichwie Sterne (Sent. Journey, S. 21 f.) —, dass der Charakter eines Volkes durch das Klima, in dem es lebt, oder durch den Himmel, unter den es versetzt wird (ebd. III, 36), beeinflusst werde, und bringt, wie der Engländer, das Gleichnis vom Burgunderwein, der an das Kap der guten Hoffnung verpflanzt, ein anderer geworden sei. Hierbei (ebd. I, 41) verschmäht Wieland, wohl mit Absicht, sich auf das Zeugnis Sternes zu berufen, das er in anderen Fällen, wo es ihm passt, gern als das des besten Kenners der menschlichen Natur ausgibt. Freilich scheut sich Wieland deshalb nicht, auch bei Gelegenheit einmal gegen „den wunderlichen Menschen" zu polemisieren (Merkur 1778, IV, 130—134) und auf seine Sentimentalität zu schelten, wenn sie ihm unbequem ist, z. B. bei den Folgen der Theateraufführung der Euripideïschen „Andromeda" in Abdera. Yorick hatte, um seinem Hymnus auf die wohlthätige Macht der Liebe durch eine rührende Erzählung eine wirkungsvolle Illustration beizufügen, sich erlaubt, dieses Geschichtchen umzugestalten. Er hatte Abdera zu einer Mördergrube gemacht, was sich mit Wielands Schilderung von dem im Grunde doch harmlosen Abderitenvölkchen nicht vertrug. So tadelt Wieland denn gewaltig Sternes eigenmächtige Entstellung der Quellen, erlaubt sich aber gleichwohl selbst seine eigene Quelle, Lucian, zu korrigieren, um die Abderiten mehr in dem von ihm verliehenen Charakter handeln zu lassen.

Nachgeahmt ist der Verfasser des „Tristram Shandy" auch unverkennbar in der Episode von der Gulleru (Merkur 1774, I, 75 ff.). Sobald Demokrit ihren Namen erwähnt, wird er aus seinem Hörerkreis heraus unterbrochen und genau mit denselben Worten examiniert wie Yorick bei Sterne. Nachdem beide zugestanden, dass diese Dame weder ihre Frau noch ihre Beischläferin noch ihre Freundin oder Sklavin sei, und nachdem lange über die Angelegenheit disputiert und philosophiert ist, erfahren wir doch bei beiden schliesslich nichts über das wirkliche Verhältnis (vgl. Tr. Sh., Kap. XVIII, S. 37; Kap. CXVIII, S. 263 u. a.).

Wenn Pröhle (im Vorwort seiner Ausgabe der „Abderiten" in Kürschners Deutscher Nationallitteratur) Wieland die anfängliche Absicht zuschreibt, die Schilderung der Liebe Demokrits zu seiner Gulleru in den Mittelpunkt seiner Geschichte zu stellen, so kann ich ihm keineswegs zustimmen. Allerdings stand Demokrit anfangs im Mittelpunkt der Erzählung und trat erst bei der späteren Bearbeitung mehr in den Hintergrund; aber gegen jene Annahme spricht der Titel „Geschichte der Abderiten", der von Anfang an feststand. Ich glaube, dass das Geschichtchen von Gulleru immer nur nebensächlich gedacht war, und sehe in ihm nur eine Episode à la Sterne, dessen Nachahmung sich in allen Einzelheiten, wie in der Apostrophe und den Fragen der Hörer und ihrer Beantwortung, unleugbar verrät. —

Unter den verschiedenen „An Psyche" betitelten Fragmenten erwähnt dasjenige vom Jahre 1774 (Merkur 1774, II, 14—33) das aus dem „Tristram Shandy" bekannte „Vorgebirg der Nasen" und den Faununculus, den Wieland wiederholt ausdrücklich eine Nachbildung des Sternischen Homunculus genannt. Ja Wieland citiert hier auch wieder (S. 29 bis 30) die ihm offenbar ans Herz gewachsene Geschichte von „Amandus und Amanda."[1)]

Alle nun folgenden Dichtungen Wielands weisen, mit Ausnahme des „Oberon", keinen tieferen Einfluss des englischen Humoristen mehr auf. Höchstens finden wir hier und

---
[1)] Tristram Shandy, S. 403—404.

da eine gelegentliche Reminiscenz an Sterne oder einen flüchtigen Hinweis auf „Tristram Shandy". So enthalten die Worte des Mylords in der „Philosophie endormie" (S. 17) eine Anspielung auf Sterne. Wieland sagt selbst in einer beigefügten Anmerkung, sie beziehe sich auf eine Stelle im „Tristram Shandy", „die zwar sehr philosophisch, aber eben nicht die delikateste" sei (vgl. Tauchnitz Edition, Kap. 249, S. 421).

Auch unter den Erzählungen des „Hexameron von Rosenhain" befinden sich zwei, die flüchtige Hinweise auf Sterne bringen. So lesen wir in der „Novelle ohne Titel" den Passus „mit Tristram Shandy zu reden", in „Liebe ohne Leidenschaft" die Stelle „sich, wie Tristram Shandy, sogar mit einem Esel in ein Gespräch einzulassen".

Selbst im „Peregrinus Proteus" kann von einer Beeinflussung durch Sterne kaum die Rede sein. Den Kern des Werkes bilden wie bei Sterne nicht die erzählten Ereignisse, sondern die daran geknüpften Reflexionen, die in Form eines Dialogs, zuweilen in launiger Plauderei, meist aber sehr trocken zum besten gegeben werden. Die erwähnten stilistischen Eigentümlichkeiten fehlen gänzlich, dagegen weisen die Charaktere eine entfernte Verwandtschaft mit denen Sternes auf; denn es sind, wie bei ihm, Männer in vorgerückten Jahren mit origineller und doch wieder typischer Charakteranlage. Aber sie wissen nicht, wie die meisten Figuren Sternes unsere Sympathie zu gewinnen; selbst der Titelheld lässt uns völlig gleichgiltig. Am Schlusse haben wir höchstens die Befriedigung, dass das uns vorgeführte Rechenexempel richtig gelöst ist. Und in der That handelt es sich nur um das psychologische Exempel, einen Skeptiker wie Lucian zu überzeugen, dass ein Sonderling wie Peregrin seiner Anlage und Erziehung zufolge so und nicht anders werden und handeln musste. Hierbei hat sich Wieland allerdings als trefflicher Psychologe bewährt.

So sehen wir, wie der Einfluss des englischen Humoristen, der Wieland in den ersten Partien der „Abderiten" noch vollständig beherrschte, allmählich immer geringer wird. Ja, die einzige Dichtung Wielands aus der späteren Zeit, die Sterne bis zu einem gewissen Grade beeinflusst hat, zeigt durchaus nichts von der früheren, vorzugsweise stilistischen Nachahmung des Engländers. Der

Oberon,

Wielands anmutigste und schönste Dichtung, heutzutage der einzige Erbe seiner einstigen Popularität, verdankt das Leitmotiv der schwergeprüften treuen Liebe einer Episode „Tristram Shandys", der rührenden Liebesgeschichte von Amandus und Amanda.[1]) Wielands aussergewöhnliches Wohlgefallen an dieser kleinen Erzählung hat längst der Umstand bewiesen, dass wir ihr in seinen Dichtungen schon ein halb Dutzendmal oder gar öfter begegnet sind; ich erinnere nur an das soeben erwähnte Gedicht „An Psyche", an den „Neuen Amadis" und den „Danischmend", wo Sternes Episode unverändert, nur in Vers und Reim gekleidet, eingeflochten war. Hier, wo Wieland die kurze Erzählung Sternes zum Thema einer Dichtung von dem Umfange des „Oberon" wählt, musste er sie selbstverständlich mit tausend Zügen ausstatten und ausschmücken und so die charakteristische, knappe Form des Originals aufgeben. Gleichwohl lässt sich trotz aller Ausschmückung und seelischen Vertiefung die ursprüngliche Fabel Sternes leicht wieder herausschälen. Wie Wieland das Thema der schwergeprüften treuen Liebe dadurch vertieft, dass er die lange, grausame Trennung der Liebenden als Sühne für die Schuld einer schwachen Stunde darstellt, so gibt er dem Tone seiner Dichtung entsprechend statt der grausamen Schicksalsfügung, die bei Sterne erst die Toten vereinigt, seiner Erzählung einen versöhnlichen Schluss. Charakteristisch ist auch der Umstand, dass Wieland den Namen des Helden vertauscht. Offenbar entsprach der Name Amandus zu wenig dem männlichen Rittertum seines Helden, dem Wieland andere Tugenden als passive Liebe leihen musste, wenn er im Laufe der langen Geschichte uns nicht schliesslich langweilig oder gar widerwärtig werden sollte. Dass für die Dichtung „Oberon" ausserdem der französische Roman von Hüon, dem

---

[1]) Tristram Shandy, S. 403—404.

Wieland ja auch den Namen seines Helden entlehnte, recht eigentlich die Quelle gewesen, ist eine bekannte Thatsache, auf die wir hier nicht weiter einzugehen brauchen. Welche Einflüsse sonst noch auf den „Oberon" gewirkt haben, ist ebenfalls zur Genüge dargestellt durch die Untersuchungen von Max Koch, K. Otto Mayer und vieler anderer, wie denn überhaupt der „Oberon" vor anderen Dichtungen unserer Nationallitteratur die wissenschaftliche Forschung angezogen hat.

IV.

Schlussbetrachtung.

So sehen wir, dass zahlreiche Dichtungen Wielands einen unleugbaren Einfluss Sternes verraten, dass dieser Einfluss des englischen Humoristen aber nicht zu allen Zeiten derselben Art gewesen ist, die gleiche Stärke bewahrt hat. Wie natürlich, ist er in den ersten Jahren nach Wielands Bekanntwerden mit Sternes Romanen am stärksten und für unsere Beobachtung am handgreiflichsten. Mit der Zeit wird er, trotz häufiger Lektüre dieses seines „Lieblingsautors", durch anderweitige Eindrücke zurückdrängt, so dass nur noch gelegentliche Reminiscenzen an Sterne und Citate aus seinen Romanen anzutreffen sind. Ebenso äusserte sich der Einfluss des Engländers in den fraglichen Dichtungen Wielands sehr verschieden. Wir sahen, dass er bei einigen den ganzen Plan eingab, für Handlung und Charakteristik massgebend wurde, in anderen Werken dagegen sich auf eine mehr oder weniger ausgedehnte äusserliche Nachahmung stilistischer Details beschränkte.

Sobald dieser Einfluss sich geltend macht, haben wir stets eine sehr geringe Handlung und desto mehr lange philosophische Betrachtungen und Belehrungen. Die kurze Handlung wird immer da, wo man es am wenigsten erwartet, durch weite Abschweifungen unterbrochen, so dass sich häufig nur eine lange Reihe von einzelnen Bildern und Scenen ergibt. Bei Wieland ist diese Willkür häufig bloss eine scheinbare, da in der That eine gewisse Disposition zu grunde liegt und man selten — zum Beispiel im „Neuen Amadis" — vergisst, wo man sich in der Handlung befindet; nicht so bei Sterne, der seinen Stolz darein setzt, es dem Leser unmöglich zu machen, den Inhalt der nächsten Seite zu erraten. In der That verliert man bei ihm die Handlung immer wieder aus den Augen, da dieselbe nie länger als zwei Seiten fortgeführt und dann stets durch eine endlose Abschweifung unterbrochen wird. Diese Abschweifungen dienen allerdings oft dazu, uns unvermerkt weiter zu bringen, besonders gern, wenn der Verfasser die Absicht ausgesprochen, uns einen seiner Helden zu charakterisieren; ohne dass man es recht merkt, führt er diese Absicht in der scheinbar ganz unangebrachten Abschweifung aus, indem er aus früheren Erlebnissen und dem Verhalten seines Helden dabei ihn trefflich kennzeichnet. Wieland versuchte sein Vorbild auch hierin gelegentlich nachzuahmen. Besonders charakteristisch ist der Einfluss Sternes auf Wielands Stellung zum schönen Geschlecht in den betreffenden Dichtungen. Obwohl beide, Sterne wie Wieland, sich wiederholt als Verehrer des schönen Geschlechtes ausgeben, muss dasselbe nur immer dann herhalten, wenn der Autor Gelegenheit hat, es in einer zweideutigen, oder gar mehr als zweideutigen Situation zu zeigen. So hat in der That weder Sterne noch Wieland in den hier in Frage kommenden Dichtungen irgend eine Heldin und überhaupt eine Frau, die günstig geschildert wird. Beider Helden sind Männer in vorgerücktem Alter, meist eine Art Sonderlinge. Sterne charakterisiert sie regelmässig dadurch, dass er sie uns auf ihrem Steckenpferd vorführt. Wieland versucht es einigemale auf gleiche Weise. Beide stimmen darin überein, dass sie ihre Helden fast nie durch Handlungen, sondern durch ihre Reflexionen über ihre Schicksale charakterisieren; Sterne indessen versteht es, sie plastischer zu gestalten und uns menschlich näher zu bringen.

Das stilistische Detail, in dem Wieland den englischen Humoristen nachahmt, ist zu mannigfaltig, als dass es hier in all den einzelnen Erscheinungen anzuführen wäre. Die Hauptzüge mögen genügen. Beide Autoren benutzen die Abteilung ihrer Romane in Kapitel zu komischen Wirkungen, indem sie Kapitel von wenigen Zeilen einschieben, in denen dann etwa der Leser oder die Leserin aufgefordert wird, das letzte Kapitel gefälligst noch einmal durchzulesen, da man es entweder zu flüchtig gelesen und eine wichtige Bemerkung übersehen habe, oder da das Kapitel so ausgezeichnet geschrieben sei, dass es eine mehrfache Lektüre verdiene. In dieser Art treten beide Autoren oft hinter ihrer Erzählung hervor, plaudern über ihre Schreibweise, apostrophieren abwesende oder gegenwärtige Personen, oft den Leser selbst oder am liebsten die „schöne Leserin", und zwar diese bei jeder unpassenden Gelegenheit. Der beabsichtigte Gegensatz zwischen der „schönen" Leserin und den ungünstig geschilderten Frauen erhöht natürlich die Komik. Beide Autoren machen sich selbst Einwürfe, oder lassen sich solche vom Kritiker oder Leser machen, sei es um gegen den vorgeblichen Angreifer einen Trumpf auszuspielen oder sich selbst zu ironisieren. In paraphrastischen Worthäufungen, gelehrten oder gelehrt sein sollenden Anmerkungen, in scheinbar tiefsinnigen philosophischen Betrachtungen und hundert solchen Einzelheiten ahmt Wieland den Engländer und seinen ironischen Witz nach. —

Möge es mir gelungen sein, nachzuweisen, dass Wieland trotz seiner mehrfachen Verwahrung dagegen dennoch in mehreren seiner Dichtungen sich jenem Schwarme beigesellt hat, der wie ein Kometenschweif sich in Deutschland an Sterne anschloss.[1]) Andererseits, glaube ich, darf man ihm zugestehen, dass er nicht wie die meisten Nachahmer Sternes in sklavischer Weise ihm gefolgt ist, sondern seine persönliche Dichterindividualität zu wahren gewusst hat, so gut wie Jean Paul, den ja gleichfalls eine ganz ungewöhnliche Begeisterung für Sterne zur Nacheiferung geweckt hat.

---

[1]) Der geistvollste unter diesen Nachahmern Sternes dürfte Joh. Karl Wezel sein, der in seiner Lebensgeschichte „Knauts des Weisen" (1773—76) zeigt, wie der Mensch nur das Produkt der äusseren Umstände sei.